KB118095

내 삶의 중심, 변두리에게

유은실

1974년 생. 서울 변두리에서 자랐다.

양장본
변두리
ⓒ 2014 유은실

1판 1쇄 2023년 3월 20일 | 1판 2쇄 2023년 5월 24일
글쓴이 유은실 | 표지그림 김봉준
편집 곽수빈 남지은 원선화 이복희 | 디자인 장혜미
마케팅 정민호 김도윤 한민아 이민경 안남영 김수현 왕지경 황승현 김혜원 김하연
브랜딩 함유지 함근아 박민재 김희숙 고보미 정승민 배진성
저작권 박지영 형소진 최은진 이영은
제작 강신은 김동욱 임현식 | 제작처 더블비(인쇄) 경일제책사(제본)
펴낸곳 (주)문학동네 | 펴낸이 김소영
출판등록 1993년 10월 22일 제2003-000045호
주소 10881 경기도 파주시 회동길 210
전자우편 kids@munhak.com | 홈페이지 www.munhak.com
카페 cafe.naver.com/mhdn | 북클럽 bookclubmunhak.com
트위터 @kidsmunhak | 인스타그램 @kidsmunhak
대표전화 (031)955-8888 팩스 (031)955-8855
문의전화 (031)955-3576(마케팅) (02)3144-3242(편집)

ISBN 978-89-546-9152-9 03810

잘못된 책은 구입하신 서점에서 교환해 드립니다. 기타 교환 문의: 031) 955-2661, 3580

변두리

유은실 장편소설

문학동네

차 례

1 도살장 ··· 007

2 집 ··· 059

3 길 ··· 111

4 산 ··· 153

5 병원 ··· 197

6 구민 체육 센터 ··· 227

7 나의 수원 ··· 255

김진경 | 작가의 귀향 ··· 267

1
도살장

불현듯 도살장으로 뛰어 들어가고 싶어졌다.
선지 들통을 든 것쯤 아무렇지도 않은,
그 붉은 세상이 간절하게 그리워졌다.

"비켜!"

비닐 앞치마를 두른 아저씨가 외바퀴 수레를 끌고 지나갔다. 나는 동생 팔을 잡고 길가로 비켜섰다.

"소 비계다."

동생이 수레에 실린 포대를 가리키며 말했다.

"아냐, 돼지비계야."

소와 돼지를 도축하고 남은 부산물에도 급이 있었다. 터질 듯 포대에 담겨 허드레로 버려지다시피 하는 건, 보나 마나 돼지비계였다.

"웃, 똥내."

동생이 코를 움켜쥐고 토하는 시늉을 했다.

"수길아, 똥내 아니라니까."

"똥 냄새 맞아. 아빠가 그랬잖아. 소가 풀 먹고 똥 싼 냄새라고."

동생 수길은 바보같이 순진한 구석이 있었다. 열 살이 되도록 아빠가 꾸며 낸 말을 고스란히 믿었다.

수길은 시멘트 블록 벽 너머에 초원이 있는 줄 알았다. 초원에서 송아지와 새끼 돼지가 뛰어놀고 선지는 젖처럼 짜내는 거라고, 아빠는 대놓고 거짓말을 했다.

"누나 근데, 피를 짤 때 송아지는 아프지 않을까?"

"몰라."

동생 꿈은 카우보이였다. 도살장 초원을 누비면서 새끼 돼지랑 송아지를 돌봐 줄 거라고, 눈을 반짝이며 말하곤 했다. 소랑 돼지가 늙어서 죽으면 도살장으로 실려 와. 죽을 때가 된 소랑 돼지도 도살장에 와서 평화롭게 눈을 감지. 그러면 도살장 카우보이들이 죽은 동물에게 묵념을 해. 그러고 나서 부위별로 나눠 파는 거야. 죽은 동물도 기쁠 거야. 죽어서도 사람들에게 도움이 되니까. 아빠가 밥상머리에서 동생에게 말도 안 되는 소리를 늘어놓을 때마다, 엄마랑 나는 묵묵히 밥을 먹었다.

"있잖아, 내가 나중에 도살장 카우보이 되면 누나한테 맨날 선지 짜 줄 거야."

"싫어."

수길이 죽인 소에서 나온 피를 먹다니…… 생각만 해도 소름이 끼쳤다.

"그럼 맨날 생간 발라다 줄게."

"싫다니까!"

"왜 싫어? 맨날맨날 생간을 참기름에 찍어 먹고 싶다고 그랬잖아."

"돈 많이 벌어서 사 먹을 거야. 그러니까 넌 딴거 해!"

"딴거 뭐?"

"……뭐든, 그것만 빼고."

나는 도살꾼 누나가 되기 싫었다. 보통 사람들은 도살장에서 일하는 사람들을 무시했다. 도살장에서 일하는 사람들은 도살꾼을 무시했다. 소백정이 사람 백정 되는 건 순간이라면서, 셋방도 잘 내주지 않았다.

"어후, 똥내…… 누나, 입으로 숨, 허어, 쉬어. 허어……."

도살장 입구에 다다르자 수길이 혀를 빼고 헐떡거렸다.

"누난…… 허, 괜찮아?"

나는 고개를 끄덕였다. 그러고는 가슴을 쫙 펴고 도살장 냄새를 잔뜩 마셔 버렸다. 그렇게 해야 빨리 적응이 되어 덜 힘들기 때문이었다. 더구나 나는 동생처럼 도살장에 그냥 따라온 게 아니었다. 선지를 사고 내장을 얻는 중요한 일을, 바보처럼 헐떡이면서 할 수는 없었다.

"흐읍."

도살장으로 발을 들여놓으며 나는 다시 한번 숨을 깊이 들이마셨다. 배꼽 근처가 빵빵해지도록 심호흡을 하고 나면, 도살장과 나만 아는 의식이 시작되었다.

"후우."

도살장 냄새는 내쉴 때 더 또렷하게 느껴졌다. 그리고 그 냄새를 만들어 낸 모든 시간—내장을 손질하고, 뼈를 가르고, 비계를 떼어 내고, 선지가 굳고, 도마에 피가 스며들고, 칼을 갈고, 쓰레기와 비계 포대가 썩어 가는 순간들—이 머릿속에 파노라마처럼 펼쳐졌다.

"흐읍."

나는 다시 심호흡을 했다. 그러고 나면 비로소 선지를 싼값에 받아 갈 수 있는 당당한 자격이 생긴 것만 같았다.

"안녕하세요!"

나는 '서울부산물' 아줌마한테 큰 소리로 인사했다. 애써 환하게 웃는 것도 잊지 않았다. 서울부산물은 우리한테 남기는 거 없이 주니 인사 잘하라고, 엄마는 귀에 못이 박히도록 일렀다.

"우리 수원이 왔구나."

아줌마가 기지개를 켜면서 긴 하품을 했다. 비어져 나온 눈물에 씻겨 마스카라가 눈가로 찔끔 흘러내렸다. 아줌마가 소매를 끌어당겨 눈가를 눌렀다. 짙은 파운데이션으로 덮어 놓은 기미가 붉은 검버섯처럼 내비쳤다. 천장에, 유리 진열장에 빼곡히 매달린 등 탓이었다. 눈이 시리게 붉은 형광등엔 한 꺼풀 속에 숨겨진 색을 들춰내는 묘한 성질이 있었다. 그 덕에 도살장에서는 잡은 지 사나흘 된 족(足)부터 누리끼리한 뼈들까지 깊숙이 밴 핏빛이 내비쳐 죄다 붉게 보였다.

우리 동네 사람들이 '도살장'이라고 부르는 그곳은 엄밀히 말하면 도살장이 아니었다. 소와 돼지를 도축 처리하는 곳은 블록 벽 너머에 있었다. 갓 도축한 소나 돼지에서 나온 부산물을 파는 도소매상이 도축장 주위를 둘러싸며 들어섰는데, 길가에 늘어선 정육점을 '점포'라고 부르는 것과 구별해 사람들은 이 부산물 시장을 '도살장'이라고 불렀다. 도살된 소와 돼지에서 나온 정육은 대부분 외지로 팔려 나가고, 도축장을 가진 우리 동네에서 흔한 것들은 내장, 선지, 잡뼈, 머리 고기 따위였다.

"오늘은 이상하게 경기가 없네. 니가 마수걸이야."

아줌마가 깡통에서 솔아 붙은 선지를 퍼내며 말했다. 평소 같으면 대접 모양대로 푹푹 패어 반도 남아 있지 않을 시간이었다.

"아빠는 좀 어떠니?"

"……."

"걱정이다. 몸뚱이로 먹고사는 사람이 건강해야지."

나는 마음을 졸이며 우리 들통으로 들어가는 대접 수를 셌다. 마수걸이에 덤을 주면 재수가 없다고 해서 달랑 다섯 대접만 받아 간 적이 있기 때문이었다.

"수원이 너도 걱정이 많겠구나."

아줌마가 혀를 찼다. 나는 선지 때문에 아빠 걱정할 틈이 없었다. 덤을 받지 못하면 식구들이 먹을 선짓국이 부족해졌다.

"수원아, 너 이만큼 더 줘도 들고 갈 수 있니?"

아줌마는 선지가 고봉으로 담긴 대접을 내밀었다. 내 미간으로 바짝 다가온 덩어리는 평소 받던 덤의 다섯 배는 족히 되어 보였다. 나는 고개를 끄덕이며 유리 진열장 위에 백 원짜리 동전 다섯 개를 올려놓았다.

'아줌마가 오늘도 백 원을 돌려줄까?'

눈이 마주치면 그런 마음을 들킬까 봐, 유리 진열장 모서리에 시선을 박았다. 그러고는 아줌마가 동전 하나를 전대에 넣지 않고 남겨 두는 걸 애써 무심한 척 눈여겨보았다.

"수원아."

"예?"

"가다가 동생이랑 풀빵 사 먹어."

삼뿌라치로 해 박은 윗니가 훤히 드러나게 웃으며, 아줌마가 백 원을 돌려주었다. 덤을 잔뜩 얻은 데다 풀빵값까지 받고 나니 고개가 저절로 수그러졌다. 얼굴이 홧홧해졌다. 한 귀퉁이가 찌그러진 들통, 바보처럼 혀를 빼고 헐떡이는 동생, 낡은 운동화, 누런 이,

너무 큰 키, 얻어 입은 옷……. 붉은 형광등이 내 부끄러움을 모조리 들춰내는 것만 같았다.

"수원아, 양도 좀 줄게 넣어 먹어라."

"예?"

"어제 팔고 남은 건데 아직 괜찮아."

아줌마가 들통 뚜껑을 열고 큼직한 양 한 덩어리를 넣어 주었다.

"감사합니다."

"참, 팔다 남은 간도 있는데 볶아 먹어. 선짓국에다 넣고 끓이든지. 하루 지난 거라 날로는 먹으면 안 되고."

아줌마는 묵직한 간 덩어리도 넣어 주었다. 이렇게 덤을 많이 받기는 처음이었다. 나도 모르게 입이 벌어졌다. 마음이 금세 빈 들통처럼 가벼워지더니 뭔가 특별한 일이 생길 것 같은 기대로 가득 찼다. 오늘 하루만큼은 아빠 걱정도 착하게 할 수 있을 것 같았다.

아빠는 작년 이맘때 술을 마시고 집에 오다가 개천에 빠졌다.

"수원아, 큰일 났어. 니네 아빠 개천에 빠졌대."

앞집 정호에게 소식을 듣고 개천으로 뛰어가던 그

몇 분 동안, 나는 평범한 주정꾼이 된 아빠 모습을 떠올렸다. 우리 아빠는 술을 마시면 남의 집 빨랫줄에서 옷을 걷어 오는 버릇이 있었다. 한번은 반장 아줌마 빤쓰를 가져와서 반장 아저씨한테 변태라고 멱살을 잡히기도 했다. 아줌마들 빤쓰를 훔치는 것에 비하면 개천은 아무것도 아니었다. 공, 모자, 자전거, 어린아이, 노인, 실연당한 청년, 술 먹은 아저씨…… 우리 동네 사람들은 당번이라도 정해 놓은 것처럼 번갈아 가며 개천에 빠지거나 무언가를 빠뜨렸다.

"저기다!"

나는 사람들이 잔뜩 모여 있는 개천가를 가리켰다.

"어디?"

엄마랑 수길은 내가 가리키는 쪽으로 달렸다. 가슴이 설렜다. 마침내 변태에서 평범한 술꾼으로 거듭난 아빠와 만날 순간이 코앞으로 다가온 것이었다. 나는 아빠를 부축해 사람들 틈바구니를 헤치고 나오는 상상을 하며 개천 아래를 내려다보았다.

"에구머니, 저 피 좀 봐."

아빠는 들것에 실려 올라오고 있었다.

"아이고, 수원 아부지."

들것이 개천 위로 올라오자 엄마가 바닥에 털썩 주저앉았다. 아버지는 피투성이 구정물 범벅이었다. 들것 밖으로 축 늘어진 손은 힘없이 흔들리고, 토해 낸 술과 안주가 목 주위에 흥건했다. 엄마는 아빠 목에 코를 박고 울고, 수길은 엄마 등에 붙어서 울었다.

나는 멍하니 서서 구급차 전조등빛에 드러난 아빠를 보았다. 아빠 아랫도리는 똥물로 흥건했다. 나는 아빠한테서 고개를 돌렸다. 차라리 빨래를 훔치는 게 나았다. 아빠는 한여름 도살장 쓰레기통처럼 지독했다.

"수원아, 나는 니네 아빠 개천에 빠졌을 때 죽은 줄 알았어. 어른들이 똥 싸면 죽은 거라 그랬는데, 똥 냄새 나더라고."

정호는 자꾸 그때 일을 들춰서 내 기분을 똥같이 만들어 버렸다.

"똥 안 쌌어. 그러니까…… 개천이 똥물이라 그래."

나는 부득부득 똥이 아니라고 우겼다.

아빠는 그날 똥 싼 사건으로 개망신을 당하고, 다리랑 허리를 심하게 다쳤다. 수술을 하고 두 달 만에 퇴원했지만 창고 일은 못 하게 되었다. 다리랑 허리에 철심을 박은 채로 져 나르기에는 짐이 너무 무거웠기 때문이다.

"수원이 너 키가 몇이니?"

서울부산물 아줌마가 도마를 닦으며 물었다.

"그러니까…… 작, 작년 신체검사 때 백오십육이었어요."

나는 또 말을 더듬기 시작했다. 긴장하거나 곤란해지면 그렇게 되었다. 수원아, 이 세상 사람들이 다 우리 식구처럼 만만하다고 생각해. 아예 수길이 앞에 있다고 주문을 걸어. 아빠는 그렇게 가르쳐 주었다. 나는 그렇게 해 보려고 노력을 했다. 선생님은 수길이. 선생님은 만만한 내 동생. 마음속으로 구호를 외쳐 봤지만, 말더듬은 오히려 더 심해져 버렸다. 나는 하는 수 없이 '그러니까'를 쓰기 시작했다. '그러니까'라고 말하는 동안 다음에 할 말을 생각하면, 덜 더듬을 수 있기 때문이었다.

"지금은 백육십은 훌쩍 넘었겠다. 너 전교에서 제일 크지?"

"그러니까…… 우리 반, 여자들 중에서만."

"너 요즘도 일 등이니?"

"그러니까…… 어, 어쩌다 한 번 한 거예요."

4학년 때 딱 한 번 일 등을 한 걸 갖고 엄마는 계속 그런 것처럼 자랑을 하고 다녔다. 아빠가 막걸리 회사를 겨우 몇 달 다닌 걸 가지고, 가정환경 조사서 직업란에 꼬박꼬박 '회사원'이라고 쓰는 것처럼.

"참, 말도 느릿느릿하고 눈도 꿈쩍꿈쩍하는 게 언뜻 봐선 소 같은 애가 어쩌면 그렇게 공부 잘해?"

아줌마가 내 얼굴을 빤히 들여다보며 물었다. 나는 어떻게 대답해야 할지 몰라 눈만 꿈쩍꿈쩍했다.

"수원아, 너 요즘도 감기 한번 안 걸리니?"

"예."

"이 단단한 팔뚝 좀 봐. 선지 들통 들고 다니더니 역도 선수처럼 됐네. 아시안게임 나가도 되겠어. 우리 수원이는 우리 부산물시장 마스코트를 해야 된다니까. 호호."

아줌마가 들통을 건네주며 내 팔뚝을 만졌다.

"아줌마, 우리 누나 별명이 천하장사예요. 천하장사 강장군요."

수길이 끼어들었다.

"그래? 우리 천하장사 강수원 사진 박아서 저 입구에다 걸어 놓을까? 그 밑에다가 이렇게 쓰는 거야. 선지랑 내장 먹고 자란 강수원 어린이. 잔병치레 없이 공부 잘하는 아이 됐어요. 녹용보다 좋은 부산물 사러 오세요."

아줌마는 내 팔뚝을 놓아주면서 웃었다. 나는 슬그머니 팔뚝을 내렸다. 나는 사람들이 팔뚝 만지는 게 싫었다. '뽀빠이'라고 놀림받은 다음부터 그렇게 되었다. 키가 너무 큰 것도 싫었다. 키가 크고 힘이 세니까 애들이 '천하장사 강장군'이라고 놀렸다.

"누나, 오늘은 열한 마리야."

수길이 삶은 돼지머리를 기웃거리며 말했다. 수길은 늙어 죽은 돼지의 머리를 잘라서 판다고 믿었다. 언제쯤 돼지를 일부러 죽인다는 걸 알게 될까? 나는 온통 붉은빛에 담긴 수길을 바라보다가 돼지머리처럼 붉어진 내 손등을 물끄러미 쳐다보았다.

"이놈!"

아줌마가 갑자기 호통을 쳤다.

"수길아!"

수길이 사고를 쳤다. 내가 주의를 소홀히 한 틈에,

선반에 매달려 돼지 콧구멍을 후비고 있었다.

"어서 손 떼지 못해!"

아줌마 얼굴이 험악하게 일그러졌다. 나는 얼른 수길의 뒤로 가서 허리를 잡아당겼다. 가슴이 두근거렸다. 도살장에서 돼지머리에 손대는 건 큰 실수였다.

부산물 상인들은 함부로 돼지머리를 만지지 못하게 했다. 사러 온 사람이라고 해도 한 발짝 떨어져 손가락으로 가리킬 수 있을 뿐이었다. 도살장에서 최상품으로 치는 돼지머리는 귀를 빳빳하게 세우고 눈초리를 부드럽게 내리깐 것이었다. 입 양끝이 귀를 향해서 둥글게 올라가면 금상첨화였다. 죽은 돼지 입에 나뭇가지를 물려서 삶아 낸, 만들어진 웃음이라는 걸 뻔히 알면서도 상인들은 그런 돼지머리를 길상이라 부르며 웃돈을 주고 뒤로 빼내기도 했다. 그들에게 길상은 손님들이 즐겨 찾는 물건 이상이었다. 길상이 10두(頭)나 들더니 족이 싹 나가더라, 눈초리가 위로 째진 놈만 들었으니 오늘도 외상 받아 내긴 그른 모양이다. 따위의 말은 도살장에서 쉽게 듣는 얘기였다.

"어서 가!"

아줌마가 행주로 돼지 코를 닦아 내며 소리를 질렀다. 나는 수길의 손을 잡고 허겁지겁 도살장을 빠져나왔다. 걸음을 옮길 때마다 질퍽한 핏물이 발등으로 튀어 올랐다. 나는 도살장 입구에 들통을 내려놓고 가쁜 숨을 몰아쉬었다.

"야, 강수길! 거기다 손을 왜 넣어!"

"신기해서."

"신기하긴 뭐가 신기해!"

"누난 안 신기해? 죽은 돼지가 웃고 있는데?"

"아무리 신기해도 그렇지. 너 때문에 아줌마 화났잖아."

"이제 다른 집에서 사면 안 돼? 충남상회 있잖아."

"거기는 덤도 안 주고, 공짜 내장도 안 준단 말이야! 우리 형편에는 서울부산물밖에 갈 데가 없다고!"

부아가 치밀어 울컥 눈물이 나올 것만 같았다. 나는 들통을 번쩍 들고 저벅저벅 걸어 나갔다.

"누나, 같이 가."

수길이 바짝 다가왔다.

"누나아, 저기 좀 봐. 용비봉 위로 해 떴어."

수길은 자기한테 불리한 상황이 되면 딴 데로 말을 돌리는 재주가 있었다. 따라 해 보려고 해도 나는 입이 떨어지질 않았다. 상대가 화를 내기라도 하면 온몸이 얼어붙는 것 같았다.

"히히, 누나. 저기 산봉우리 좀 보라고."

수길이 내 팔에 제 볼을 부비며 히죽거렸다.

"절로 가!"

나는 꼿꼿하게 화난 뒷모습을 보이며 성큼 앞서고 싶었지만, 들통 무게 때문에 자꾸 휘청거렸다.

"히히, 누나아."

수길은 계속 웃으며 따라붙었다.

"칼 갈아아 칼, 칼 갈아아 칼."

높고 날카로운 목소리에 동생 웃음이 묻혔다. 칼갈이 최 씨였다.

"갈고리 갈아아, 갈고리. 갈고리 갈아아, 갈고리."

최 씨는 구럭을 팔에 끼고 도살장으로 들어갔다. 황소 뼈를 단번에 가를 만큼 날카롭게 칼을 갈기로 유명한 최 씨는, 우리 반 영미 아빠였다.

최 씨는 볼에 기다란 칼자국이 있거나 단단한 팔근육에 문신을 새긴 우락부락한 칼갈이가 아니었다.

머리를 풀어 헤치고 칼에다 물을 푸푸 뿜어 대는 망나니를 닮은 구석은 더욱 없었다. 흔히 마주치는 도살장 남자들처럼 바닥에 침을 내갈기고 장화로 거칠게 문대지도 않았다. 최 씨는 작은 체구에 퀭한 눈을 갖고 있었다. 우리 반에서 영미 아빠가 칼갈이 최 씨라는 걸 아는 사람은 엄마가 도살장 입구에서 족발 노점을 하는 상숙과 나뿐이었다.

"지네 아빠도 도살장에서 벌어먹고 살면서, 나보고만 백정 딸이라고 해 쌓는다. 우리 엄마는 영미 아빠한테 칼 안 갈아. 내가 일러 줬거든."

몸에서 소똥 냄새가 난다고 놀림을 받는 상숙은 코 먹은 소리로 말하곤 했다. 상숙의 몸에선 늘 비릿한 냄새가 났다. 하지만 그건 소에서 나온 부산물 냄새가 아니었다. 상숙이 엄마 같은 노점상들이 받아 낼 수 있는 건 겨우 족발이나 순대 같은 돼지 부산물이었다.

"도축실 소똥에선 매운 내가 난대."

"소독약을 쳐서 그런 거 아냐?"

"독을 품고 죽어서 그렇대. 우리 엄마가 그랬어."

상숙은 퀴퀴한 입내를 풍기며 바짝 다가서서 이런

저런 도축장 얘기를 들려주었다. 나는 상숙과 둘이서만 알고 있는 얘기들이 늘어나는 게 문득 두려워지곤 했다. 하지만 소의 목덜미에서 피가 분수처럼 뿜고, 토막 친 돼지 다리가 부들부들 떨린다는 블록 벽 안쪽의 은밀한 이야기에 번번이 빨려 들어가 버리고 말았다.

도살장 사거리 쪽으로 내려가는데, 정구 오빠가 들통을 팔에 걸고 맞은편에서 다가왔다. 정구 오빠는 앞집 반지하 방에 살았다. 용비봉 약수터에서 커피 장사를 하는 엄마랑 동생 정호, 그렇게 세 식구였다.

"수원아, 과수원."

오빠가 다리를 건들거리며 헤벌쭉 웃었다. 나는 오빠가 지어 준 별명이 마음에 들었다. 정구 오빠가 '수'를 살짝 올려서 "과아수워언." 하고 길게 빼 주면 나도 모르게 웃음이 나왔다. 정구 오빠는 눈이 크고 쌍까풀이 진 데다 얼굴이 갸름했다.

"과수원, 수원에 안 가고 여긴 웬일이야?"

오빠는 나를 만날 때마다 하는 말을 잊지 않았다. 정구 오빠는 내가 수원에 살아야 한다고 했다. 수원에는 멋진 성이 있고, 과수원도 엄청 많다고 그랬다. 그 말을 들은 다음부터 사회과부도에서 수원을 찾아보곤 했다. 경기도 도청 소재지 수원. 수원은 우리 동네 같은 변두리가 아니라 경기도의 중심이었다. 나는 수원성을 지나 동구 밖 과수원 길을 걷는 상상을 자꾸 하게 되었다. 도살장이 아카시아꽃이랑 밤꽃이 만발한 과수원으로 변해서, 들통 가득 꽃을 따는 꿈도 꾸었다. 학교에서 장래 희망을 물을 때, 나는 불쑥 '수원성 동구 밖 과수원 길에 살고 싶다.'고 대답하고 싶어졌다. 장래 희망은 어디에 살고 싶은지 묻는 게 아니란 걸 알면서도 한 번도 가 보지 못한 그곳, 수원이 떠올랐다.

"과수원, 약수 많이 받았어?"

정구 오빠는 또 헤벌쭉 웃었다. 오빠는 선지를 약수라고 불렀다. 정호랑 우리 남매도 오빠랑 있을 땐 그렇게 불렀다.

"엄청 많아."

나는 바닥에 선지 들통을 내려놓고, 뚜껑을 열었다.

"오빠, 이, 이것 봐."

"와, 양이랑 간 덩어리도 덤이야?"

"응."

"어느 약수터에서 받았는데?"

"서울부산물."

"서울부산물? 저쪽 구석에 화장 찐하게 한 아줌마?"

"응. 꼭 거기서…… 받아. 수, 수길이 땜에 미안하거든."

"알았어. 그 약수터 이용할게."

오빠가 한쪽 눈을 찡긋하며 말했다. 느린 말투 때문에 사람들은 내 말을 곧잘 앞질렀고, 으레 짜증 난 얼굴로 내가 보잘것없는 아이라는 사실을 확인시켜 주곤 했다. 하지만 정구 오빠는 달랐다. 오빠는 앞지를 때도 말 때문에 어려움을 겪는 나를 도와주는 것 같았다. 오빠가 "수원아, 과수원." 하고 달려와 들통을 함께 들어 주는 것처럼 푸근해져서, 나는 웃으며 고개를 끄덕였다.

"형, 내가 돼지 콧구멍을 후볐거든. 아줌마 엄청 화났어."

수길이 코 후비는 시늉을 하며 끼어들었다.

"너 이제 큰일 났다. 돼지 귀신이 밤에 니 콧구멍 파러 온다."

정구 오빠는 동생한테 달려들며 코를 벌름거렸다. 수길은 눈이 동그래져서 내 뒤로 숨어 버렸다.

"과수원, 들통 무겁지? 내가 들어 줄까? 얼른 나올게. 여기서 기다려."

정구 오빠가 푹 삶은 막창처럼 보들보들한 목소리로 말했다.

"괘, 괜찮아."

내가 손사래를 치며 말했다.

"형, 걱정 마. 우리 누나가 얼마나 힘이 센데. 천하장사 강장군이라고. 누나 사진 도살장에 걸지도 몰라."

수길은 어깨를 으쓱하며 자랑스럽다는 듯 얘기했다.

"아, 아니야."

나는 손사래를 쳤다.

"아니긴. 형, 서울부산물 아줌마가 우리 누나 부산물 먹고 커서 힘세고 공부 잘한댔어. 사진 찍어서 건다고 그랬어."

수길이 '황룡동 부산물 시장' 간판을 가리키며 말했다. 수길은 내 단단한 팔을 자랑하곤 했다. 또래한 테 억울한 일이 생기면 내 별명을 거들먹거리면서 '우리 누나한테 이른다.'고 으름장을 놓았다.

"천하장사 과수원 장군, 그럼 나 들어간다."

정구 오빠는 우리한테 손을 흔들고 도살장으로 뛰어 들어갔다. 나도 손을 흔들었다. 문득, 정구 오빠에게도 '과수원'처럼 근사한 별명을 지어 주고 싶어졌다.

"야, 강수길, 그딴 소리 하고 다니지 마. 아줌마가 농담한 거야."

나는 다시 들통을 들고 걷기 시작했다.

"농담 아니면?"

"그래도 안 찍어. 절대 안 찍어."

난 사진 찍는 게 싫었다. 렌즈만 보면 가슴이 두근 거렸다. 몇 장 안 되는 사진은 전부 찡그리고 부끄러 워 어쩔 줄 모르는 얼굴이었다. 그런 얼굴을 도살장 간판으로 걸다니……. 남루한 우리 집 살림을 내놓 는 것만큼 싫었다.

"근데 정구 형은 누나보다 키도 작으면서 맨날 들

통 들어 준대."

"착한 오빠니까."

"정구 형은 누나보다 힘도 약하면서."

"착한 오빠라 그렇다니까."

"저번에 정호 형한테 막 소리 질렀는데?"

"그래도 착해. 정구 오빠는 착한 사람이야."

"치이, 누나 정구 형 좋아하지?"

"……."

나는 정구 오빠가 좋았다. 내게 들통이 무겁지 않느냐고 물어봐 주는 사람은 정구 오빠밖에 없었다. 맘에 드는 별명을 불러 주는 사람도, 대답이 늦어도 짜증 내지 않고 기다려 주는 사람도, 그리고 나더러 경기도의 중심 수원에서, 아름다운 성과 과수원이 있는 데서 살아야 한다고 말해 주는 사람도 세상에 정구 오빠 딱 하나였다.

나는 〈과수원 길〉 노래를 나지막하게 부르며 다시 걷기 시작했다. 아름답고 웅장한 수원성, 아카시아꽃 하얗게 핀 과수원 길……. 먼 옛날 그곳에 정말 가 본 것 같은 기분이 들었다.

"수길아, 정구 오빠 별명 지어 줄까?"

"별명? 가수 김영감이잖아."

"그건 오빠가 싫어하잖아. 정구 오빠처럼 좋은 사람한테는 안 어울려."

"그래? 아빠는 정구 형이 바람둥이 될 거라던데."

"아빠는 잘 알지도 못하면서……."

"정구 형이 여자들한테 눈웃음을 쳐서 나중에 바람둥이 될 거래."

"아니야, 착해서 안 그래."

"아빠가 그랬어. 애비가 바람둥이라, 바람둥이 피가 흐른다고."

"아니라니까! 오빠가 아무한테나 눈웃음치는 거 아빠가 봤대?"

나는 동생에게 버럭 소리를 질렀다. 정구 오빠한테 바람둥이 피가 흐른다면 우리에게는 빤쓰 훔치는 피가 흐르는 셈이었다. 나는 빤쓰를 봐도 훔치고 싶은 마음이 들지 않는다. 수길 역시 빤쓰뿐 아니라 아무것도 훔친 적이 없다. 그러니까 정구 오빠도 바람둥이가 되지 않을 게 분명했다.

들통이 무거워서 어깨가 다 뻐근했다. 나는 해장국

집 앞에서 들통을 내려놓고 팔운동을 했다.

"누나, 사람들이 보잖아."

수길이 두리번거렸다.

"뭐 어때."

나는 계속 팔운동을 했다. 도살장 근처에선 뭘 하든 부끄럽지 않았다. 얻어 입은 낡은 옷이며 감지 못한 머리도 신경 쓰이지 않았다. 그곳은 집처럼, 때때로 집보다 편했다. 하지만 사거리를 지나 큰길로 꺾어 들면 저절로 긴장이 되었다. 아는 사람과 마주치지 않기 위해, 들통에 든 선지를 들키지 않기 위해, 신경을 곤두세웠다.

팔운동을 마치고 들통을 들려고 하는데, 앞치마를 두른 도살꾼들이 해장국집에서 나왔다. 나는 스포츠머리의 도살꾼 하나를 곁눈질해 보았다. 스포츠머리는 담배를 깊이 삼키고는 한참이 지나도 연기를 내뿜지 않았다. 단 한 번의 망치질로 황소를 거꾸러뜨린다는, 상숙이 들려준 도살꾼 이야기가 떠올랐다. 스포츠머리가 갑자기 고개를 돌리더니 내 쪽으로 담배꽁초를 던졌다. 나는 움찔 고개를 숙이고 들통을 팔로 감쌌다.

"수원아!"

해장국집 앞을 떠나려는데 누가 날 불렀다. 상숙이 엄마였다. 상숙이 엄마는 해장국집 앞길에서 족발이랑 순대 노점 장사를 했다. 상숙이 엄마는 번개탄으로 연탄 화덕에 불을 붙이고는, 눈이 매운지 손사래를 쳤다.

"수원아, 엄마 요새 어디 나가? 요즘 통 볼 새가 없네."

"빵 공장에 팥 씻으러 다녀요."

나는 상숙이네 좌판 앞으로 가 짐짓 자랑스럽게 얘기했다. 빵 공장은 도살장보다 좋은 일터였다. 겨울에 손이 얼어 터질 걱정도 없고 일당도 더 많이 받을 수 있으니까. 엄마는 빵 공장에 다니기 전에 오랫동안 내장 손보는 일을 했다. 학교가 파하고 수길과 도살장에 가 보면, 엄마는 끝없이 긴 내장을 칼로 가르고 있었다. 커다란 플라스틱 함지에 손을 넣고 엉덩이를 들었다 내렸다 하며 내장을 주물러 건져 낼 때도 있었다.

초저녁 어스름 속으로 추적추적 돌아오는 엄마의 보퉁이엔 늘 팔다 남은 내장과 채소 가게에서 얻은 배추 겉잎이 들어 있었다. 엄마는 내장에 굵은소금을 치고 밀가루를 뿌려서 걸레 빨듯 비벼 헹군 다음, 된장을 풀고 내장국을 끓였다. 가끔은 선지랑 양을 얻어다가 시래기를 넣고 선짓국을 끓여 주기도 했다. 내장국이랑 선짓국은 아무리 먹어도 물리지 않았다. 소간볶음까지 있는 날은 국도 더 맛있게 느껴졌다. 허발하고 먹는 우릴 바라보며 엄마는 뿌듯한 얼굴로 말하곤 했다.

"맹자 엄마는 맹자를 위해서 세 번이나 이사를 했다더라. 엄마도 너희를 위해 도살장 옆으로 온 거야."

나는 맹자 엄마로 시작되는 이사 얘기가 좋았다. 주인공은 언제나 '우리 수원이', 그것도 엄마한테 사랑을 듬뿍 받는 세 살배기 강수원이었기 때문이다.

"우리 수원이 세 살 때 밤눈이 어두워서 요강을 못 찾았거든. 근데 밤눈 어두운 데는 소간이 젤로 좋다고, 사람들이 도살장 옆으로 가면 싱싱한 소간을 싼값에 실컷 먹일 수 있다고 하더라고. 도살장에서 일하면 간 덩어리를 거저 얻는다고도 하고. 그래서 서울특별시 황룡동에 방을 얻었지."

엄마는 '특별시'라는 말을 곧잘 썼다. 내가 특별

시 어린이가 된 후로 잔병치레 없이 잘 자라기 시작했다면서. 하지만 나는 왠지 특별시라는 말과 어긋나는 느낌이었다. 특별시라는 말은 도살장이나 황룡공단과는 먼, 연희동이나 반포동에 어울리는 느낌이 들었다. 아버지는 양복을 입고 출근하고, 집에는 방이 세 개쯤 있고, 취미로 피아노 연주 같은 걸 해야 특별시 어린이일 것 같았다. 내 삶은 특별시와 멀었다. 그렇다고 텔레비전에 나오는 시골 어린이와도 멀었다. 나는 오직 우리 동네에만 속한, 황룡동 어린이인 것 같았다.

"내장이랑 선지, 이런 부산물이 소에서 제일로 좋은 것이다. 니들 배 한번 만져 봐. 살이 잡히지?"

엄마가 자기의 두둑한 뱃살을 쥐며 말했다. 나는 수저를 내려놓고 두 손으로 배를 잡아 봤다. 뭉클한 듯 단단한 살이 손아귀 가득 들어왔다.

"살코기는 껍데기야. 살도 갈비뼈도 내장을 감싸고 있는 껍데기라고. 우리 황룡동에서는 허접스러운 껍데기를 먹을 필요가 없지. 우리가 만날 먹는 이게 바로 소의 알맹이 아니냐."

엄마는 배에서 손을 떼곤 결연히 내장국을 가리켰

다. 팔다 남은 내장과 버려진 배춧잎을 넣고 끓인 내장국이 엄마의 숙고 끝에 당당히 선택된 거라니! 그 순간만큼은 엄마가 내장 허드렛일을 하는 것도 부끄럽지 않았다.

엄마가 '알맹이'라 부르는 부산물에는 단맛, 쓴맛, 고소한 맛이 가득했다. 퍼석퍼석한 듯 쫄깃하고 누린 듯 깊은 맛. 24색 크레파스처럼 갖가지 맛이 다채롭게 들어 있었다. 엄마가 생일에 끓여 줬던 양지머리 미역국이나 아빠가 건강할 때 딱 한 번 먹어 본 돼지갈비에는 그런 맛이 없었다. 길게 여운을 남기는 뒷맛도 없이 뭔가 빠진 느낌이었다.

우리 식구들은 알맹이를 거저 얻다시피 해서 먹는 덕에 모두 건강했다. 엄마는 알맹이 덕분에 내 '대가리 알맹이'가 좋아져서 공부를 잘한다고 그랬다. 하지만 내 생각은 달랐다. 책 읽을 때 더듬지 않으려고 교과서를 열 번씩 미리 읽고 가니까 시험을 잘 보는 것 같았다. 내 '대가리 알맹이'가 정말 좋다면, 시도 때도 없이 말을 더듬고 바보같이 눈을 끔뻑거릴 리가 없었다.

"차도가 좀 있나?"

상숙이 엄마가 연탄 화로에 솥을 얹으며 물었다.

"예?"

"니 아빠 병세가 어떠냐고."

나는 상숙이 엄마의 손놀림을 보며 멀거니 서 있었다.

"별 차도가 없는 모양이구나."

상숙이 엄마가 고개를 들어 확신에 찬 눈빛으로 말했다. 그 눈빛에 눌려 나는 그만 고개를 끄덕여 버렸다. 엄마 아빠는 부산물 가게를 여는 게 꿈이었다. 부산물 장사로 돈을 많이 벌어서 우리 집을 사는 꿈도 꾸었다. 황룡동은 가난한 사람이 살기 좋은 동네야. 방값 싸지, 물가 낮지, 부산물이나 시래기도 얻을 수 있지…… 우리처럼 배운 것 없고 연줄 없는 사람들이 일할 데도 넘쳐 나잖아.

엄마 아빠가 그렇게 황룡동에서 키워 온 꿈은 아빠가 개천에 빠지면서 함께 처박혀 버렸다. 애써 모은 돈을 모두 수술비와 치료비로 써야 했기 때문이다. 엄마는 일당이 좀 더 센 일터를 찾다 얼마 전 빵 공장에 들어갔다. 피비린내 대신 빵 냄새를 풍기며 돌아오는 엄마의 보퉁이엔 팥소가 터지거나, 한두 군데가 검게 그을린 빵이 들어 있었다. 가끔은 유통기한이 지난 빵 봉지가 들어 있기도 했다. 엄마는 그 빵을 푹 쪄 주었다. 우리 남매는 찜통 위에 머리를 맞대고 흐물흐물해진 빵을 숟가락으로 퍼 먹었다. 설사 안 해? 열 안 나? 엄마는 자꾸만 물어보았다. 우리는 되직한 똥을 누었고 열도 나지 않았다.

이제 우리 식구들은 내장국 대신 콩나물국이나 김 칫국을 자주 먹었다. 도살장에서 제일 싼 선지를 사다가 끓인 국이 유일한 '소의 알맹이'였다. 나는 빵을 실컷 먹는 대신, 사나흘에 한 번은 일찍 일어나 선지를 사러 가야 했다.

"누나, 배고파. 빨리 집에 가자."

수길이 소맷자락을 잡아당겼다.

"음."

나는 건성으로 고개를 끄덕이며, 플라타너스 나무 밑으로 가는 칼갈이 최 씨를 보았다. 최 씨는 나무 옆 에 가방을 내려놓고 간이 의자를 펼쳤다. 최 씨는 가 방에서 칼 한 자루를 꺼냈다. 칼날에 검지를 대고 스 르르 훑어 내리더니 한쪽 눈을 질끈 감고 칼날을 비 스듬히 세워 햇빛에 비춰 보았다. 그러고는 두 손으로 자루를 쥐고 양미간에 꼿꼿이 세웠다.

"저저, 하던 짓을 못 버려 갖고. 칼갈이가 뭐하러 이마에다 칼등을 대고…… 지랄헌다. 저럴 때 보면 뭔 짓을 저지를지 섬뜩하다니까."

상숙이 엄마가 혀를 끌끌 차며 말했다.

최 씨는 칼을 쓸어 보고 햇빛에 비춰 보고 꼿꼿이 세우는 일을 반복했다.

"거 그만 봐라. 애들은 그런 거 보면 안 좋다."

상숙이 엄마는 엉거주춤 엉덩이를 들고 손을 뻗어 선지 들통을 열어 보았다.

"환자한테 선지만 끓여 먹이면 약이 되나. 니네 엄마 도살장 그만둔 거, 잘못한 거다. 그때는 내장이라도 실컷 먹었잖아. 내장이 소랑 돼지 속 아니냐. 남의 속을 먹는 거라 아주 든든하다고."

'남의 속?'

도살장에서 죽는 동물을 '남'이라고 하니, 마음이 불편해졌다. 부산물이 살아 있는 생명의 일부분이었던 순간을 떠올리고 싶지 않았다. 죽지 않으려고 발버둥 치는 소를 생각하면, 죄책감을 떨치고 입에 넣기 어려웠다.

"수원아, 엄마한테 전해. 돈 더 주는 공장으로 갔으니까 돼지 족 좀 사다가 고아 주라고."

"그, 그게…… 약이 돼요?"

"되고말고. 우리 집 단골 하나는 제피나무랑 돼지 족 고아 먹고 뼈가 단단하게 붙었는걸."

"정말요?"

"그럼, 요즘은 공장에도 다시 나가더라."

나는 침을 꼴깍 삼켰다.

"제, 제피나무는 그러니까…… 얼만데요?"

"응. 그건 내가 좀 챙겨 주면 된다. 우리 집에 넉넉히 있어."

"그럼…… 돼지 족은요?"

"이런 건 한 벌에 천오백 원쯤 해."

상숙이 엄마는 좌판에서 돼지 족 한 벌을 들어 올렸다. 뼈는 굵고 탐스러웠다. 하지만 엄마는 천오백 원을 주지 않을 게 뻔했다. 사람들이 말해 주는 대로 이런저런 약을 써 보았지만 별 차도 없이 살림만 축났기 때문이다.

"그러니까, 정말 뼈가 붙어서, 창고에 무, 무거운……."

"그래, 무거운 것도 들어. 요즘은 살이 허옇게 올라서 염통구이 집에 드나들던걸. 니네 아빠 한 달만 꾸준히 제피나무 족탕 먹으면 많이 나을 거다."

나는 머릿속으로 서울부산물 아줌마에게 그동안 돌려받아 모은 돈이 얼마인가 헤아려 보았다. 천백원이었다. 불우 이웃 돕기 성금을 낼 요량으로 사 먹고 싶은 걸 참으며 모은 돈이었다.

학교에선 성금을 못 낸 아이들을 골라 '착한 어린이 상'을 주었다. 조회 시간에 학용품 세트를 받는 착한 어린이들은 하나같이 꾀죄죄했기 때문에, 아이들은 그들이 불우 이웃이라는 걸 금세 알아차렸다. 상숙은 작년에 그걸 받고 부쩍 소똥 냄새가 난다고 놀림당했다. 영미가 '상숙이는 백정 딸'이라고 떠들어댄 것도 그때부터였다.

나는 진작부터 엄마한테 성금을 달라고 했다. 엄마는 우리가 불우 이웃이라면서 입을 딱 닫았다. 아빠는 이담에 돈 벌면 준다고 그랬다. 나는 꼭 성금을 내고 싶었다. 아빠 돼지 족도 사고 싶었다. 아빠가 빨리 나아야 나한테 심부름도 덜 시키고, 화도 덜 내고, 돈도 다시 벌 테니까.

"아줌마, 천 원짜리도 있어요?"

"있긴 해도 그런 건 약이 덜 되지."

상숙이 엄마는 가늘고 거무죽죽한 기운이 번진 돼지 족을 들어 올렸다. 언뜻 보기에도 제대로 자라지 못하고 죽은 돼지 같았다. 수길이 건드린 길상 뒷줄에 놓여 있던, 유달리 작은 돼지머리가 떠올랐다. 그놈의 두 눈은 가늘게 열린 채 우그러져 있었다. 어깨가 풀리고 한숨이 나왔다. 서울부산물 아줌마가 이제는 백 원을 돌려주지 않을 것만 같았다.

"아, 아줌마, 그러니까…… 서울부산물 아줌마는 착하죠?"

"좋은 사람이지. 외지 사람한테만 제값 받고, 없이 사는 동네 사람들한테는 이문 조금 붙이고 팔잖아."

최 씨가 숫돌에 칼 가는 소리가 일정한 진동으로 귀청을 울렸다.

"그러니까…… 동생이 길상을 건드렸거든요. 그래서 아줌마가 화났는데요."

"걱정 마. 돼지머리는 그날 운수로 끝이야. 낼 아침에 물건 새로 받으면 잊어버릴걸."

상숙이 엄마는 뻐드렁니를 드러내며 빙긋이 웃었

다.

"아줌마, 그러니까…… 돼지 족값은 다음 주에도, 안 올라요?"

"수원이한테는 안 올린다."

나는 조금 들뜬 목소리로 인사를 하고 그곳을 떠났다. 최 씨는 가운뎃손가락에 갈고리 끝을 대고 돌려 가며 살펴보고 있었다. 걸음을 내디딜 때마다 무릎이 들통을 쳐서 선지 덩어리가 출렁거렸다. 갈고리가는 소리가 뒤통수로 쏟아졌다. 칼을 갈 때보다 더 깊고 날카롭게 나는 그 소리를 들으면, 나는 최 씨의 갈고리가 뒷목을 낚아채는 것 같은 느낌에 사로잡히곤 했다. 나는 고개를 부르르 떨며 걸음을 재촉했다.

나는 왼쪽으로 꺾어 큰길로 접어들었다. 8차선 도로는 시의 경계까지 곧게 뻗어서, 수원까지 이어져 있다고 했다. 나는 커다란 성과 과수원이 있는 도시를 다시 한번 마음속으로 그려 보았다.

"도살장 이전 계획 백지화하라, 황룡본동 상우회. 이곳은 86아시안게임 성화로입니다. 깨끗한 우리 구를 보여 줍시다, 황룡구청……"

수길이 현수막에 적힌 글씨를 읽었다. 우리 반 애

들은 큰길로 성화가 지나간다고 벌써부터 들떠 있었다. 내년엔 중학생이 되니까 우리가 대표로 나가 태극기를 흔들 거라고 했다.

나는 성화가 지나가는 게 싫었다. 성화가 지나가는 건 잠깐인데, 그것 때문에 도살장을 옮기면 선지를 살 수가 없기 때문이었다. 수원아, 88올림픽 때도 우리 동네 큰길로 성화 지나갈 거라며? 그때는 우리 중학교 3학년인데 태극기 흔들러 나가는 데 뽑아 줄까? 상숙도 잔뜩 들떠 있었다. 나는 상숙이 바보 같았다. 자기 엄마는 도살장 앞에서 족발 노점을 하고, 자기 아빠는 돼지머리 삶는 공장에서 일하는데 도살장이 이사 가면 큰일이었다. 엄마 아빠 모두 일터를 잃거나, 도살장을 따라서 낯선 동네로 이사해야 할지도 몰랐다.

"누나, 풀빵."

풀빵 수레를 보자 수길이 내 팔을 잡고 멈춰 섰다.

"안 돼, 아까 너 손가락으로 돼지 콧구멍 후볐잖아."

좁쌀만 한 눈곱을 매단 수길의 눈에는 금방 눈물이 그렁하게 괴었다.

"누나도 저번에 손가락으로 귀 후비고 고구마 먹었잖아."

"내가 언제!"

주먹으로 머리를 쥐어박는 시늉을 하자 수길은 훌쩍훌쩍 울기 시작했다.

"엄마한테 이를 거야. 누나가 막 때렸다고."

수길은 걸핏하면 울고 떼를 썼다. 변명할 겨를도 없이 동생을 울렸다고 야단을 맞는 쪽은 나였다. 나는 하는 수 없이 풀빵 수레 앞으로 갔다.

"그러니까, 아, 아저씨, 풀빵 한 개만 주세요. 팥 많이 든 걸로요."

"너는 안 먹니?"

나는 침을 꿀꺽 삼켰다.

"그러니까…… 식전에 군것질, 하면 밥맛이 없어서요."

나는 오십 원을 거슬러 받아 바지 주머니에 넣고 손바닥으로 탁탁 두드렸다. 일주일에 이백 원씩 부산물 집에서 되돌려 받는 돈을 여태 천백 원밖에 못 모은 것도 동생 탓이었다. 다락으로 올라가는 계단 틈에 박아 놓은 돈주머니를 수길이 찾아내는 바람에 입막음을 하려고 하루 이틀 데려와 풀빵을 사 준 것이 화근이었다.

수길은 내복이 비죽 나온 옷소매로 눈물을 닦고 언제 울었느냐는 듯 풀빵을 먹었다. 수길은 제 몸보다 큰 내복 위에 꽉 끼는 남색 스웨터를 입고 있었다. 아빠가 아픈 중에도 우리는 자라서 지난해에 입던 옷이 품에 끼었다. 아빠는 깡뚱하게 올라오는 우리의 옷소매를 웃는 듯 찡그리는 듯 바라보곤 했다. 엄마가 여기저기서 헌 옷을 얻어 왔다. 우리가 입는 옷은 크거나 작았다.

나는 수레 앞에 들통을 내려놓고 수길의 내복 단을 접어 스웨터 안으로 넣어 주었다. 머리 위에서 길고 높은 울음소리가 들렸다. 소 대여섯 마리가 버르적대며 트럭에 실려 도살장으로 들어가고 있었다. 곧 정수리에 망치를 맞고 기절할 녀석들이었다. 누렇고 탐스러운 가죽들은 얼마 후면 축축 포개져서 피혁 공장으로 실려 갈 것이었다. 도살된 소에서 원래의 가죽과 털을 달고 있는 부위는 꼬리와 꼬리랑 붙은 엉덩이 뼈뿐이었다.

트럭에 실린 소 한 마리가 어룽어룽한 눈빛으로 멀

고 높은 어딘가를 더듬고 있는 듯이 보였다. 나는 소를 따라 고개를 돌려 보았다. 길 건너 용비봉 꼭대기 위로 해가 한 뼘쯤 떠올라 동쪽 하늘 가득 아침노을이 번지고 있었다.

용비봉이 마을 끝에 떡 버티고 있었지만 내가 사는 동네 이름은 용비동이 아니었다. 일제강점기와 육이오전쟁을 거치면서 울창한 소나무 숲이 사라지고 황톳빛 민둥산이 되어 언제부턴가 황룡(黃龍)동으로 바뀌어 불린 것이었다. 새로 심은 아카시아 나무가 남자 어른 다리만큼 굵게 자라 더 이상 맨땅이 보이지 않는데도 사람들은 다시 용비동이라고 부르지 않았다. 서울시 지도에도 도살장 주변부터 용비봉까지를 묶어 황룡동이라고 나와 있었다.

마을 한가운데 국도와 연결된 8차선 도로가 나면서부터, 경기도와 서울시의 접경지대인 동네에 도살장이 들어서고 종이 공장, 빵 공장, 봉제 공장, 콜라 공장이 계속해서 들어왔다. 마을의 한가운데를 가로지르는 8차선 도로를 경계로 동쪽 산기슭으로는 주택촌이 자리 잡고 도로의 서쪽 경계에서부터 서남쪽의 개천까지는 도살장과 공장, 그리고 근로자들이 사는 다세대주택과 여공들이 사는 벌집 모양의 기숙사가 들어섰다.

"수원아, 이것 좀 우리 상숙이 갖다 줘라."

풀빵 수레를 떠나려는 참에 상숙이 엄마가 뛰어와 백 원짜리 다섯 개를 쥐어 주었다.

"이게 뭔데요?"

"오늘까지 불우 이웃 성금 내야 된다고, 상숙이가 지난주에 말한 게 이제 생각나서. 어휴, 그 못돼 처먹은 계집애. 나 상숙이랑 사흘째 말도 안 한다."

"예?"

"글쎄, 선생님 드리라고 소고기 등심을 사다 줬더니 저 혼자 몰래 구워 먹었지 뭐냐. 그 소고기, 외지 사람들이 자가용 타고 와서 사 가는, 젤 한가운데 점포에서 비싸게 주고 산 건데. 독한 기지배. 회초리로 종아리를 때려도 입 꾹 다물고 울지도 않아. 아이고, 상숙이는 중학교만 졸업하면 황룡공단에 시다로 넣어 버릴 거야."

나는 돈을 주머니에 넣으며 상숙이 퍼런 작업복에 하얀 두건을 쓰고 재봉틀 앞에 앉은 모습을 상상했다. 중학교 3학년인 상희 언니가 지금처럼 조그만 채로 어른이 된 모습도 그려 보았다.

'아줌마, 소고기 등심 학교에 가져가면 상숙이는 더 놀림받아요. 백정 딸이라고.'

나는 목까지 올라온 말을 삼켰다. 상숙은 6학년이 되도록 국어책을 더듬거리며 읽고, 숙제를 해 오는 날이 없다시피 했다. 덤벙거리는 통에 준비물을 빠뜨리고 오는 경우도 허다했다. 상숙은 봉제 공장에 가서도 자꾸 일을 빼먹어 벌 청소를 많이 할 것만 같았다. 그래도 노점 족발 장사보다는 공순이가 나았다. 점심시간에 군것질하러 나온 여공들에게선 새 옷에서 나는 석유 냄새가 났다. 석유 냄새를 풍기며 날마다 보름달 빵을 사 먹게 되면 상숙은 더 이상 놀림당하지 않고 잇몸이 보이게 흐흐 웃을지도 몰랐다.

"참, 수원아. 백 원 더 줄 테니까 너랑 상숙이랑 삼백 원씩 내라. 아빠 그러고 있는데 네 엄마가 이것 줄 정신이 있겠냐. 너도 착한 상 그거 타기 싫지?"

상숙이 엄마는 전대에서 백 원짜리 하나를 더 빼 주며 꼭 상숙처럼 웃었다.

"감사합니다."

나는 꾸벅 인사를 하고 돈을 받아 넣었다. 아줌마

는 손을 흔들고 좌판 쪽으로 뛰어갔다.

"우와, 누나 오늘은 뭐가 그냥 생기는 날인가 봐."

"그래."

더할 수 없이 운이 좋은 날이었다. 하지만 나는 이상하게 마음이 가라앉았다. 서울부산물에서 백 원을 돌려받았을 때처럼 자꾸 고개가 수그러졌다.

바람이 와락 달려들었다. 나는 등을 움츠리고 손아귀에 바짝 힘을 주었다. 시선을 들통에 고정시키고 빨리 걸었다. 숨이 차고 오금이 뻐근해졌다. 콜라 공장 담벼락을 따라 천천히 걸었다. 양미간에 칼을 세우고 겨누어 보던 최 씨의 눈빛이 떠올랐다.

"수길아, 도살장에서 칼 가는 아저씨 있잖아."

수길은 여전히 풀빵 조각을 손에 쥐고 입으론 우물거리고 있었다.

"원래 백정이었대. 입에 물을 잔뜩 물었다가 망치에 훅 뿌리고 소를 죽였대."

"나쁜 사람이네?"

"아주 나쁘지. 그런데 소에 받혀서 죽을 뻔했대. 소 귀신이 저주한 거지."

"있잖아, 내가 카우보이 되면 그런 나쁜 사람을 혼낼 거야. 우리 도살장 소를 지킬 거야."

수길은 밤톨만큼 남은 풀빵 조각을 보고 잠시 망설이더니 반만 베어 물었다.

"수길아, 조회 시간에 상 자주 타는 애 알아? 웅변 잘해 가지구."

"누구?"

"원피스 입고 트로피 흔들던 애 있잖아. 6학년 1반 최영미."

"아, 제일 무서운 건 설마, 설마입니다. 설마 공산당이 쳐들어올까, 하는 그 누나?"

"그래. 그 설마 웅변하는 최영미가 칼갈이 최 씨 딸이야. 백정 딸이지."

차가운 갈고리가 뒷목에 닿은 듯, 나는 어깨를 움츠렸다.

"근데 누나. 나는 성금 안 내도 돼? 선생님이 가져오라고 했는데."

"잠깐만."

나는 바닥에 들통을 내려놓고, 주머니에서 동전 두 개를 꺼냈다. 풀빵값을 내고 남은 오십 원짜리 하나,

상숙이 엄마가 준 백 원짜리 하나.

"이거 갖다 내. 엄마한테 말하면 안 돼."

나는 수길의 손에 동전 두 개를 쥐여 주었다.

"누나 있잖아. 내가 카우보이 되면 상숙이 누나 엄마한테 선지 많이 짜 줄게."

"……얼른 가자. 늦었어."

나는 다시 들통을 들었다. 나도 모르게 끄응 소리를 냈다. 걸음을 재촉해 콜라 공장 정문 앞 건널목으로 향했다. 선지 덩어리들은 들통 속에서 이리저리 부딪치며 미끄러지고 있었다.

콜라 공장 앞은 출근하는 공장 노동자와 간간이 섞인 양복 입은 사람 들로 북적거렸다. 나는 건너편 소방서를 건너다보았다. 건물 한가운데 높이 달린 시계는 7시 35분을 가리키고 있었다. 이곳을 7시 반 넘어 지나기는 처음이었다. 유달리 덤을 많이 받아 무거운데다 여러 번 쉰 탓이었다.

"백정 딸이다!"

수길이 횡단보도에 서 있는 영미를 가리켰다. 노란 플라스틱 모자를 쓰고 교통 안내를 하고 있던 영미가 고개를 돌려 우리를 보았다.

"맞네, 저 누나가 소 죽이는 백정 딸이라며."

영미는 호루라기를 입 밖으로 툭 놓쳐 버렸다. 건너편에 있던 반장이 손을 흔들어 인사했다. 나는 들통 손잡이를 쥔 손을 어떻게 해야 할지 몰라 입술을 길게 벌려 살짝 웃어 보였다. 우리 반이 이번 주 사거리 교통 담당이라는 걸 깜빡 잊고 있었다. 좀 더 일찍 사거리를 통과하지 못한 게 후회스러웠다.

"수원아, 그 통에 든 게 뭐야?"

영미가 플라스틱 모자를 눌러쓰고 내 앞으로 다가왔다. 영미는 교통 담당을 하면서도 하얀 프릴 원피스를 입고 있었다.

"……"

"무거워 보이는데?"

"음, 그러니까…… 약수, 약수야."

"음, 그러니까…… 약수터가 황룡본동에도 있나?"

영미는 내 말투를 흉내 내며 묘한 웃음을 지었다.

"수원아, 약수 좀 줄래? 목이 말라서."

영미 눈빛은 햇빛에 칼날을 비춰 보던 최 씨처럼 번뜩거렸다.

"저기…… 그러니까, 컵이 없는데."

나는 영미 눈길을 피하려고 건너편 신호등에 시선을 박았다. 입이 바짝 탔다. 신호가 바뀌길 기다리는 시간이 엄마가 가르던 곱창처럼 길게 느껴졌다. 사람들이 뭉게뭉게 횡단보도 앞으로 몰려들어 다닥다닥 붙어 섰다. 옆 사람이 다리를 움직이자 들통이 출렁했다. 불현듯 도살장으로 뛰어 들어가고 싶어졌다. 선지 들통을 든 것쯤 아무렇지도 않은, 그 붉은 세상이 간절하게 그리워졌다.

파란불이 켜지자 후루루 호각 소리가 들렸다. 영미는 냉큼 제자리로 돌아가 깃발을 차도 쪽으로 뻗었다. 나는 있는 힘껏 들통 손잡이를 쥐고 횡단보도 가운데로 뛰어나갔다.

"누나, 같이 가."

뒤쪽에서 수길의 목소리가 들렸다. 나는 못 들은 척 계속 뛰었다.

"같이 가자니까!"

수길은 소리를 지르며 뒤쫓아 오더니 들통 손잡이를 확 잡아당겼다.

"앗."

나는 들통이랑 같이 앞으로 고꾸라졌다. 횡단보도

위로 선지 덩어리가 널브러지고, 그 위에 내가 널브러졌다. 덤으로 받은 양은 길 한복판에 빈대떡처럼 달라붙었다. 간 덩어리는 급정거한 차바퀴에 깔려 피를 튀기며 으깨지고 있었다.

"어어 뭐야? 아침부터 재수 없게."

"애들이 저런 걸 사다 먹나 봐. 불쌍해라."

"동네가 후지니까 출근길에 별걸 다 보네."

사람들은 선지, 양, 부서진 간 덩어리, 들통, 그리고 나를 피해 바삐 길을 건넜다.

"선, 선지, 내 선지."

나는 널브러져 있을 새가 없었다. 양에다 간까지, 일 년에 한 번도 얻기 힘든 귀한 덤이었다. 나는 흙범벅이 된 선지 덩어리들을 그러모아 들통에 담았다. 바닥에 빈대떡처럼 달라붙은 양도 떼어 담았다.

"수원아, 다친 데 없니?"

영미는 들통 뚜껑을 주워 들고 뛰어왔다. 나는 영미 손에서 뚜껑을 뺏어 들고는, 흙 묻은 선지 덩이처럼 주저앉은 동생의 머리채를 잡아 일으켰다.

"에이 쌍!"

나는 동생 머리채를 잡고 길을 건넜다. 수길은 도

축장에 끌려가는 돼지처럼 버르적댔다. 그럴수록 내 손아귀에는 점점 더 힘이 들어갔다.

"병신 새끼가 뛰지도 못해!"

나는 길을 건너자마자 동생 뺨에 따귀를 날렸다. 동생 얼굴은 금세 피범벅이 되었다.

"씨발 새끼, 이 좆같은 놈! 야이 거지발싸개 같은 세상 빌어먹을 개자식아!"

내 입에선 아빠가 술김에 뱉어 내던 지긋지긋한 욕설이, 이 세상에 태어나서 한 번도 말을 더듬어 보지 않은 사람처럼 빠르게 터져 나왔다.

"신발이 커서 그랬어."

수길이 울음보를 터뜨렸다. 동생 입에서 침에 섞인 풀빵 조각이 나와 발께로 떨어졌다. 나는 동생 신발을 내려다보았다. 작년까지 내가 신던 오로라 공주 운동화였다. 후룩후룩. 교통경찰이 저벅저벅 우리 쪽으로 오고 있었다. 테두리만 남은 오로라 공주의 왕관 위로 선홍빛 핏물이 뚝뚝 떨어졌다.

2
집

나는 귀를 틀어막았다. 엄마의 고함, 아빠의 술주정,
낡은 부엌살림, 선짓국 끓이는 냄새, 화장실에 가는 것…….
담 없는 이 집에선 숨길 수 없는 게 너무 많았다.

"정호야, 우리 수원이 학교 못 간다."

엄마 목소리는 크고 높았다. 나는 부엌 바닥에 쪼그리고 앉아 부엌문에 달린 반투명 유리창으로 부옇게 번져 들어오는 햇빛을 보았다. 우리 집은 부엌문을 열면 바로 골목이라, 귀 기울이지 않아도 밖에서 나는 소리를 잘 들을 수 있었다.

"왜요?"

정호가 물었다.

"사고 났다. 선생님한테 사고 당해서 못 간다 그래."

나는 엄마가 일러 준 대로 세숫대야에 물을 반쯤 담고 식초를 다섯 숟갈 탔다. 상숙에게 불우 이웃 돕기 성금을 전해야 하는데, 엄마는 집 밖으로 한 발짝도 못 나가게 했다.

'서울부산물 아줌마도 이렇게 냄새를 뺄까?'

나는 식초 탄 물에 손을 담근 채 서울부산물 아

줌마와 덤으로 얻었던 것들을 차례로 떠올렸다. 바퀴에 깔리지만 않았어도 씻어서 볶아 먹을 수 있었을 텐데……. 엄마는 내가 주워 담아 온 부산물을 모두 버렸다.

"아줌마, 근데 무슨 사고예요?"

"교통사고. 우리 수원이 수길이 교통사고 당했어."

엄마는 '당했다'에 힘을 주었다. 문득 내가 사고를 친 게 아니라 불의의 사고를 당한 것 같은 느낌이 들었다. 동생을 때렸다는 죄책감이 슬그머니 물러나고, 횡단보도에서 나를 덮쳤던 공포와 막막함이 고개를 들었다.

"교통사고요? 차에 치였어요?"

"꼭 차에 치여야 교통사고냐? 횡단보도에서 무르팍 깼으면 교통사고지."

나는 세숫대야에서 손을 꺼내 코에 댔다. 시큼하고 비릿했다. 비눗물로 꼼꼼히 닦고 식초 탄 물에 담갔는데도 손에 밴 피비린내는 좀처럼 가시지 않았다.

"뭘 자랑 났다고 동네방네 떠들기는."

아빠가 이맛살을 찌푸리고 안방에서 나왔다. 두루마리 화장지를 들고 부엌문 쪽으로 나가는 게, 똥을 누러 가는 것 같았다. 우리 집은 부엌을 가운데 두고 안방과 작은방이 마주 보고 있었다. 화장실은 주인집 대문 옆에 붙어 있어서, 밖으로 나가서 골목을 따라 열다섯 걸음쯤 올라가야 했다.

"아저씨, 안녕하세요?"

정호가 아빠한테 인사하는 소리가 들렸다. 정호는 시도 때도 없이 인사를 하는 버릇이 있었다. 밤벌레 할머니가 술 취한 할아버지를 피해 맨발로 도망 나왔을 때도, 정호는 공손하게 머리를 숙이며 "할머니, 안녕하세요?"를 했다.

"오냐, 우리 정호."

아빠는 동네 아이들 이름 앞에 꼭 '우리'를 붙였다. 개 이름 앞에도 '우리'를 붙였다. 주인집 개는 '우리 보비', 운전수네 강아지는 '우리 워리'였다. 아빠는 '우리' 자를 붙이는 아이들이나 개에게 손을 흔들면서 눈을 찡긋거리곤 했다. 나는 아빠가 그러는 게 싫었다. 휴지 쥔 손을 흔들면서 눈을 찡긋거릴 땐 아빠가 훔쳤던 빤쓰가 떠올라 얼굴이 화끈 달아올랐다.

"아줌마, 수길이도 많이 다쳤어요?"

"수길이는 놀래서 못 간다."

나는 손을 꼼지락대며 동생 얼굴에 밴 피비린내는 어떻게 빼야 하나 생각했다. 엄마 아빠는 수길이 왜 그렇게 됐는지 몰랐다. 누가 내 새끼 얼굴을 이렇게 만들어 놨냐고 아빠가 물었을 때, 수길이 우느라 제대로 범인을 지목하지 못했기 때문이다. 신발이 커서…… 흑…… 그런…… 넘어…… 툭툭 끊어져 나오는 말을 듣고 아빠는 신발에게 달려들었다. 이 씨발 놈의 신발을! 아빠는 오로라 공주 운동화를 칼로 박박 그었다. 오로라 공주는 머리가 댕강 잘리고, 몸통은 여러 조각으로 나뉘어져 버렸다. 아, 아빠. 어어…… 학교…… 뭐 신고……. 수길은 더 크게 울었다.

"아줌마, 수길이 선생님한테 제가 가요?"

"그래, 우리 수길이가 경기를 할 지경이라 포룡환 먹여서 재웠다고 그래."

"수길이 몇 반이에요?"

"몇 반이더라……."

엄마는 부엌문을 열고 고개를 디밀었다. 나는 아직 갈아입지 못한 옷이며, 너저분한 부엌살림이 들여다보이는 게 부끄러워 얼른 문을 등지고 돌아앉았다.

"앗."

급히 몸을 돌리다가 깨진 무르팍이 세숫대야 모서리에 찍혔다. 무르팍 주변을 양쪽 검지와 엄지로 꾹 누르고 눈을 질끈 감았다.

"수원아, 수길이 몇 반이냐?"

"……."

"몇 반이냐니까!"

엄마는 내가 무릎을 쥐고 있는 게 눈에 들어오지 않는 모양이었다. 나는 부러 입을 꾹 다물었다.

"귓구멍도 깨졌어? 몇 반이냐니까!"

"……3학년 7반."

"7반?"

"응."

대답하기 무섭게 부엌문이 부서져라 닫혔다.

"7반이란다. 3학년 7반 강수길 교통사고!"

나는 귀를 틀어막았다. 엄마의 고함, 아빠의 술주정, 낡은 부엌살림, 선짓국 끓이는 냄새, 화장실에 가는 것……. 담 없는 이 집에선 숨길 수 없는 게 너무 많았다.

우리 식구가 세 들어 사는 이곳은 원래 차고였다.

차고에 들인 방이라 담이 없고 천장도 낮았다. 나는 아무리 셋집이라도 정호네처럼 담이 부엌문을 가려주고, 골목을 통해 화장실을 가지 않아도 되는 데서 살고 싶었다. 하지만 엄마는 제대로 된 빵을 타 오면 꼬박꼬박 주인집에 갖다 주면서 어떻게든 오래 머물려고 했다. 딴 데 가면 방 두 개짜리 셋집을 단칸방 전세금에 얻을 수가 없다면서.

"정호야, 이게 전부 씨발 놈의 인간들 때문이야. 씨발 놈의 인간들이 애들이 다친 걸 보고만 있어!"

나는 귀에서 손을 떼고 공연히 수돗물을 세게 틀었다. 엄마한테 들키면 물을 낭비한다고 등짝을 맞을 일이지만, 수도꼭지를 최대로 돌렸다.

"아이고, 서방은 아파서 꼼짝 못하고 나 혼자 벌어먹고 사느라고 얼마나 고단한 줄 아냐? 아침에 세수할 새도 없다고. 그래도 식구들 싸고 좋은 거 멕일라고 새끼들 선지 사러 보낸 게 무슨 죄냐?"

엄마 목소리는 세찬 물소리에도 묻히질 않았다. 나는 수도꼭지를 잠그고 손바닥으로 대야에 담긴 물을 팡팡 때렸다.

"정호야, 니 엄마도 벌어먹고 사느라고 얼마나 고단

하냐. 맞아, 틀려!"

"맞, 맞아요."

정호가 떨리는 목소리로 말했다. 정호 아버지가 집을 나간 다음부터 정호 엄마는 용비봉 아카시아 숲에 벌통을 놓았다. 거기서 나온 꿀로 '아카시아 꿀차'를 만들어 커피랑 같이 팔았다.

"너희 영양가 있는 거 먹이겠다고 어쩔 수 없이 도살장에 니 형 보내잖아. 맞아, 틀려!"

엄마 목소리는 점점 커졌다.

"맞아요!"

정호 목소리도 덩달아 커졌다. 우리 골목에는 정호네나 우리 말고도 선지를 받아다 먹는 집이 여럿이었다. 하지만 그걸 드러내지 않으려는 사람이 더 많았다. 이웃집 닭을 훔쳐 먹은 사람들처럼 아이들까지 입을 꽉 닫아걸었다. 들통을 들고 도살장에 가다 마주치기라도 하면 서로 못 본 척하거나 공연히 산 쪽으로 가 버리기도 했다. 나와 수길이 선지 범벅으로 넋이 반쯤 나간 채 골목으로 들어섰을 때, 대뜸 비명을 지른 운전수네도 그들 중 하나였다.

"으악, 악! ……엄마, 흡혈귀!"

운전수 딸이 소리쳤다.

"으악! 누, 누나. 흡혈귀 있대!"

수길이 등 뒤로 손가락질을 하며 바르르 떨었다.

"뭐어?"

나는 슬쩍 뒤를 돌아보았다. 뒤는 아무도 없는, 텅 빈 골목이었다. 빈 라면 봉지가 이리저리 굴러다니는 바닥에는 우리가 지나온 길을 따라 크고 작은 핏자국이 나 있었다.

"엄마! 흡혈귀!"

운전수 딸은 제 집 대문을 두드리며 소리쳤다. 수길 보다 한두 살 어린 아이는 '스카이 콩콩'이라도 탄 것처 럼 폴짝거리며 울었다.

"누나, 흡혈귀 보여?"

수길이 두리번거리며 물었다.

"아니."

"나도 못 봤어. 쟤 선짓국 먹어야 되겠다. 엄마가 선짓국을 많이 먹어야 헛것이 안 보인다 그랬잖아."

나는 동생 얼굴을 찬찬히 훑어보았다. 군데군데 피 가 묻어 있긴 하지만, 술 먹고 개천에 빠졌던 아저씨 들에 비하면 아무렇지도 않았다.

"아가, 왜 그래?"

운전수 마누라가 대문 밖으로 뛰어나와서 물었다.

"흡, 흡혈귀."

운전수 딸이 우리를 손가락으로 가리키며 말했다.

"어머나, 세상에!"

운전수 마누라가 치마폭으로 딸 얼굴을 가렸다.

"야, 니네 얼른 집으로 가!"

운전수 마누라가 우리에게 손짓을 했다. 나는 우두
커니 운전수 마누라 얼굴을 보았다.

"얼른 가라니까! 우리 애 놀란 거 안 보여!"

무서웠다. 〈전설의 고향〉에서 구미호를 보았을 때
보다 더한 공포였다. 횡단보도에서 마주친 영미, 사
람들, 그리고 운전수 딸과 마누라의 표정이 한데 섞
여 내 목을 조르는 것 같았다.

"……가자."

나는 동생 팔목을 잡고 서둘러 발걸음을 뗐다. 성
큼성큼 걸어 우리 집 부엌문을 열었다. 엄마는 밥을
푸다가 우리를 돌아보고는 주걱을 바닥에 툭 떨어
뜨렸다.

"무슨 일이야?"

엄마가 부엌 밖으로 뛰어나왔다.

"넘어졌어."

엄마는 바닥에 쭈그리고 앉아서 내 바짓단을 걷어 올렸다.

"아이고, 무르팍 깨진 것 좀 봐라."

무릎에는 으깨진 간 덩어리처럼 검붉은 피가 엉겨붙어 있었다.

"엄마, 이게 내 피야?"

"그럼 누구 피냐?"

나는 무릎을 들여다보았다. 다친 자리는 꽤 깊고 넓었다. 마치 낯선 사람의 상처를 들여다보는 것만 같았다. 분명히 내 살이 긁히고 뜯겨 나갔는데도 통증이 없었다.

"어!"

엄마가 갑자기 앞으로 걸어 나갔다. 나는 부엌문을 닫고 엄마가 가는 쪽으로 고개를 돌렸다. 엄마의 등 주변으로 잘게 부순 아카시아 꽃잎 같은 게 흩날렸다. 땀이 눈으로 들어와서 손등으로 눈을 비볐다가 떴다. 엄마가 무대 중앙으로 걸어가는 가수처럼, 인공 눈을 맞으며 골목 한가운데로 흘러가고 있었다.

'아!'

나는 눈을 질끈 감았다 떴다. 그러고는 걸음을 옮겨 엄마 앞에 무슨 일이 일어나고 있는지 보았다. 아카시아 꽃잎 같은 걸 뿌리고 있는 사람은 운전수 마누라였다. 운전수 마누라는 바가지에 담긴 그것을 우리 남매가 지나온 길을 따라 뿌리고 있었다. 엄마는 달려가 바가지를 뺏어 들었다.

"뭐야?"

운전수 마누라가 엄마를 아래위로 훑어보며 말했다. 운전수 마누라는 우리 골목에서 몇 안 되는 전업주부였다. 동네 아줌마들이 삼삼오오 모여서 하는 가정 부업도 하지 않았다. 화물 트럭을 운전하는 남편은 마누라보다 키가 한 뼘쯤 작고, 나이는 스무 살쯤 많아 보였다. 운전수는 술을 입에 대지 않고 마누라를 끔찍하게 아끼는, 우리 동네에서 보기 드문 사내였다.

"야, 너 왜 소금 뿌려. 다친 애들 첨 봐?"

엄마는 바가지를 왼팔로 꽉 틀어쥐고 오른손으로 삿대질을 했다.

"이 여편네가 내 집 앞 내가 소독한다는 데 뭔 상

관이야."

운전수 마누라는 턱을 치켜들고 엄마한테 삿대질을 했다.

"소독? 지랄하네. 재수 없다고 뿌리는 거잖아. 왜 내 새끼들 뒤에 소금 뿌려! 너는 선지 안 처먹니? 내장 안 처먹고 사냐고!"

엄마는 바가지에서 소금을 한 움큼 집더니 운전수 마누라 얼굴에 뿌렸다.

"에이 쌍!"

운전수 마누라는 소금을 떨어내면서 이를 갈았다. 그러고는 엄마가 들고 있는 바가지에서 소금을 퍼 엄마 얼굴에 뿌렸다.

"이 쌍년이 어디 앞길 창창한 우리 새끼들 앞에 소금을 뿌려!"

엄마가 바가지에 남은 소금을 운전수 마누라 머리에 부었다. 나는 엄마가 싸움을 그만두고 우리와 함께 집에 들어가길 바랐다. 깨진 내 무릎에선 피가 흐르고, 수길은 울고, 들통은 무거웠다. 들통 겉에 묻어 있던 선지가 바닥으로 떨어졌다. 우리 몸에선 피비린내가 나고, 사람들은 우리 곁으로 모여들었다. 횡단보도 한가운데 부산물을 쏟고 서 있던 것처럼 나는 다시 막막해졌다.

"그래, 우리도 선지 먹는다. 그래도 니네처럼 티 내면서는 안 먹어. 머리에 피도 안 마른 새끼들 끔찍한 도살장에는 안 보낸다고!"

운전수 마누라는 손가락으로 엄마 어깨를 툭툭 찔렀다.

"뭐?"

엄마는 갑자기 어깨를 내려뜨리고 우두커니 섰다.

"에이 아침부터 재수 없어!"

운전수 마누라는 소금 바가지를 도로 뺏었다.

"제발 조용히 먹고 살아! 피를 끓여 먹든, 내장을 발라 먹든 조용히 처먹으라고! 황룡동 31통이 백정들 골목이라고 소문나면 니네가 책임질 거야!"

"뭐, 뭐?"

엄마는 소금 때문에 눈도 못 뜨고 입만 비틀어 겨우 대꾸했다. 엄마 얼굴은 선지 범벅이 된 동생보다 더 참혹했다.

"강수원, 냄새 다 뺐어?"

엄마가 부엌문을 벌컥 열어젖히며 물었다. 문은 180도 돌아가서 바깥벽에 탕 하고 부딪혔다. 정호가 문 밖에서 고개를 빼고 부엌 안을 들여다보다가 학교 쪽으로 후다닥 달아났다. 나는 어깨를 더 움츠리고 앉아서 손가락으로 세숫대야에 조그만 소용돌이를 만들었다.

"냄새 다 뺐냐니까!"

고함 소리에 나는 반사적으로 고개를 들었다. 엄마 머리카락 사이에 다 떨어내지 못한 소금이 꽃잎처럼 박혀 있었다. 엄마는 아래턱을 앞으로 빼고 숨을 몰아쉬었다. 정호를 인간 마이크 삼아 동네가 쩌렁쩌렁 울리게 퍼부었어도, 운전수 마누라한테 당한 분이 풀리지 않는 것 같았다.

"그러니까…… 안, 안 빠져."

"더 오래 담가. 손톱 밑까지 죄다 빠지게."

"근데, 엄마 그러니까…… 나 오늘 학교 빠지면 개, 개근상 못 타."

나는 결석하는 게 불안했다. 숙제를 못 한 것보다 열 배도 넘게 걱정되었다. 한편으론 학교에 가지 않는 게 다행스럽기도 했다. 선지를 약수라고 거짓말한 게 들통 나 버린 마당에 영미랑 마주치는 게 겁났기 때문이다. 반장 얼굴을 볼 자신도 없었다. 어쩌면 내가 거짓말쟁이에다 선지랑 내장을 먹고 사는 아이라고, 동생 머리채를 잡고 때리고 욕하는 아이라고 학교에 소문이 났을지도 몰랐다. 하지만 상숙에게 전해 줄 삼백 원이 있었다. 불우 이웃 성금도 오늘까지였다.

"개근상? 그까짓 것 아무 소용 없어. 나는 국민학교 몽땅 개근했는데, 오늘날 이 모양 이 꼴이다."

엄마가 손가락으로 머리카락 사이에 박힌 소금을 떨어내며 말했다.

"아이 시끄러! 여자 목소리가 집 밖까지 울리잖아."

아빠가 똥을 누고 들어오면서 타박을 했다.

"어이구, 여기 중학교까지 개근하셨다는 분 계신다. 이제 새끼들 대신 힘 좋은 서방이 가서 선지 좀 받아 오지?"

엄마가 안방으로 들어가는 아빠 뒤통수에 대고 말했다.

"이 여편네가 서방을 뭘로 보고! 인간 강종근이 끄떡없어. 내 눈에 흙이 들어갈 때까지 내 새끼들 도살장 안 보낼 테니까 두고 보라고!"

아빠는 안방 문을 발로 쾅 닫았다. 아빠는 비가 오면 허리가 아파서 쩔쩔맸다. 화장실에 갈 때도 허리를 붙잡고 걸었다. 나는 아빠가 선지 들통을 잘 들고 올 수 있을지 걱정이 되었다.

'아빠가 가도 서울부산물에서 잘해 줄까?'

나는 선지 들통을 가운데 두고 서 있는 아빠와 서울부산물 아줌마를 상상했다. 아줌마는 착한 사람이니까 가끔씩은 아빠한테도 덤을 줄 것 같았다. 하지만 아무래도 아빠한테 풀빵을 사 먹으라고 백 원을 돌려주진 않을 것 같았다.

'아, 맞다, 이백 원.'

풀빵 생각을 하니 넘어지면서 잃어버린 동전 두 개가 떠올랐다.

"오순자, 잘 들어. 이제 이 강종근이가 꼬박꼬박 월급 갖다 준다. 그러니까 너는 착실하게 살림이나 해."

아빠는 주섬주섬 외출옷을 입으며 큰소리를 쳤다. 엄마한테 살림이나 하라는 건, 엄마 아빠가 싸울 때마다 단골로 나오는 대사였다.

"아이고, 어디 서방 덕에 오순자 편히 좀 살아 보

자. 내 새끼들 새 운동화 딱딱 사 신기고."

"그래. 기다려. 점포에서 소고기 딱딱 끊어다 먹고 살게 해 줄 테니까."

"좋지. 어디 한번 부잣집 애들처럼 내 새끼들 키워 보자고. 영양가 없는 살코기만 달달하게 볶아 멕이고 비실비실하게 만들어서, 비싼 한약 달여 먹이고."

"서방 나가는데 재수 없게 빈정대지 마!"

아빠는 부엌문을 발로 차며 나가더니 골목에 나가서 발로 닫았다. 쿵 하는 소리와 함께 선반 위 양은그릇들이 바르르 떨렸다.

"수원아, 아빠 이제 일하려나 보다."

"허리 아픈데?"

"발로 차는 거 봐라. 나가면 몇 푼이라도 벌어 오겠지."

"엄마, 나 이제 손 빼도 돼? 계속 구부리고 있으니까 무릎이 아파."

"그래, 이제 씻어."

나는 손을 헹구고 다시 냄새를 맡았다. 눈 내린 날 도살장 사거리쯤에서 느낄 수 있는, 희미한 피비린내가 여전히 남아 있었다.

"엄마, 도살장 냄새 나지?"

나는 엄마 코에 손끝을 가져다 댔다. 엄마는 코에 주름이 잡히도록 힘껏 냄새를 빨아들였다.

"아무렇지도 않아."

"정말?"

나는 다시 한번 냄새를 맡았다. 희미하지만 분명 도살장 냄새였다.

"뭣하러 그건 주워 담았어. 애나 잘 챙기지. 아이고, 우리 아들은 어떻게 넘어져도 쏟아진 선지 위에 넘어졌을까. 꼭 피 묻은 손으로 머리채 잡히고 뺨 맞은 애 같잖아."

엄마는 고개를 갸우뚱하고는 안방으로 들어갔다. 내 고개는 서울부산물에서 백 원을 돌려받았을 때보다 더 수그러들었다. 가슴이 양은그릇처럼 바르르 떨리다가 금세 쿵쾅거렸다. 손아귀에 잡았던 수길의 머리채가, 따귀를 치던 손바닥의 촉감이 떠올랐다. 불쑥 누군가를 그렇게 또 때리고 싶어졌다.

'아아아.'

나는 비누를 집어 부싯돌처럼 비볐다. 엄마한테 들켰으면 헤프게 쓴다고 욕을 잔뜩 먹을 짓거리였다.

'욕하고 때리는 걸 좋아하다니……. 난 누굴 닮은 거지? 깡패 새끼도 아니고…….'

엄마는 따귀를 때린 적이 없다. 욕을 할 때는 욕만 하고, 엉덩이처럼 맞아도 아프지 않은 데를 골라서 때렸다. 아빠는 아무도 때리지 않았다. 술 먹고 욕을 해도, 그냥 가만히 앉아서 했다.

"으읏."

까진 살갗이 아렸다. 눈물이 찔끔 나왔다. 비눗기를 행구고는 멍하니 손바닥을 들여다보았다. 살갗 아래 혈관은 푹 익힌 선지 빛깔이고, 무릎에서 질금질금 나오는 피는 싱싱한 선지 빛깔이었다.

'그동안 먹은 소 피가 혈관을 타고 흐르나?'

나는 눈을 질근 감고 고개를 세차게 저었다.

"수원아."

호기 있게 문을 차고 나갔던 아빠가 문을 삐끗 열고 나를 불렀다.

"예?"

"너 혹시 천 원 있니?"

"아, 아니요! 그러니까…… 천 원 없어요!"

나는 다락 틈에 숨겨 둔 천백 원이 떠올라, 엉겁결

에 큰 소리를 냈다.

"아이고 우리 강종근 씨, 왜 돌아오셨어?"

엄마가 안방 문을 벌컥 열고 나왔다.

"저기…… 여보, 나 천 원만 줘. 차비가 있어야 직
장을 알아보지."

아빠가 엄마에게 손을 내밀었다.

"운동화 찢어 놓고 차비까지 달래니, 이 양반아?"

엄마는 툴툴거리며 지갑에서 지폐 한 장을 꺼내
주었다.

"여보, 천 원만 더 주면 안 될까? 밥값도 없는데."

아빠가 지폐를 접어서 주머니에 넣으며 말했다.

"아이고."

엄마는 동전 한 주먹을 아빠 손에 쥐여 주었다. 부
엌문 앞에 서서 엄마가 건네준 동전을 세는 아빠의
구두에는 먼지가 뽀얗게 쌓여 있었다. 바지에는 주름
이 잡히고, 무릎 아래쪽엔 밥풀 하나가 덩그러니 말
라붙어 있었다.

"……구백이십 원밖에 안 되는데."

아빠는 머리를 긁적긁적하다가 주머니에 동전을
넣었다. 그리고는 슬그머니 밖으로 나가서 조심스럽

게 문을 닫았다.

"휴우."

엄마는 손을 축 늘어뜨리며 한숨을 쉬었다.

"수원아, 배고프면 밥 먹어. 점심에는 도시락 까먹고. 수길이 또 울면 포롱환 남은 거 다 먹이고. 엄마는 우리 딸만 믿는다."

나는 "네."라는 말을 우물거리다 삼켰다. '우리 딸만 믿는다.'는 말이, 덤을 잔뜩 받은 선지 들통만큼이나 무거웠다. 엄마는 뭔가 벅찬 걸 시킬 때 입버릇처럼 우리 딸만 믿는다고 했다. 어쩌면, 수길을 때리고 욕한 걸 알고 나면, 엄마는 더 이상 나를 믿지 않을지 몰랐다. 그러면 사는 게 가벼워질까. 뺨을 치고 욕을 하던 순간이 두렵고도 짜릿하게 떠올라, 나는 몸서리를 쳤다.

"누나, 나 약 먹어야겠어."

수길은 손을 이마에 대고 눈살을 찌푸렸다. 포롱환을 먹고 싶어서 그런 것 같았다. 수길이 아기였을 때 경기를 일으킨 덕에, 집에는 늘 포롱환이 있었다. 녀석은 포롱환을 아주 좋아했다. 가끔은 그걸 먹고 싶어서 일부러 놀란 척 연기를 할 때도 있었다.

"엄마가 너 울 때 먹이라고 했는데."

"나 눈물 날 것 같아. 누나한테 맞은 데가 계속 아프거든."

수길은 금방 울 것 같은 표정을 지었다. 나는 하는 수 없이 포룡환을 내밀었다.

"누나, 물."

"누나 무릎 다친 거 안 보이니!"

나는 버럭 소리를 질렀다. 수길은 내 잘못을 빌미로 자꾸만 이 일 저 일 시켜 댔다. 내가 제 얼굴을 식초 물수건으로 닦아 주고, 아침이랑 점심 도시락을 챙겨 주고, 미안하다고 두 번이나 말했는데도 그랬다.

"나는 얼굴 다쳤는데."

"어휴."

나는 주전자를 가지러 부엌으로 나갔다. 생각해 보면 동생도 잘못한 게 있다. 풀빵을 얻어먹겠다고 도살장에 따라붙고, 서울부산물에서 돼지 콧구멍을 후비고, 횡단보도에서 멍청하게 들통 손잡이를 낚아채고…… 하나하나 따져 보니 나보다 잘못한 게 더 많은 것 같았다.

"자, 여기."

나는 도시락 통에 보리차를 부었다.

"우리 전도사님이 그러는데, 아프면 하나님과 친해진대. 나도 이제 하나님이랑 친해질지도 몰라."

수길은 지난가을부터 용비봉교회에 다녔다. 용비봉교회는 산 쪽 끝 집에 작년에 들어온 조그만 교회였다. 목사님은 없고 남자 전도사님만 있었다. 전도사님은 깡마른 청년이었다. 평일에는 황룡공단 목공소에서 일하고, 일요일에는 전도사님이 되었다. 예수님이 목수였기 때문에 전도사님도 목수 일을 하는 거라고, 수길이 알려 주었다. 황룡제일교회처럼 간식을 주는 것도 아닌데 수길은 일요일 아침마다 교회에 갔다.

"누나, 성경이 뭔지 알아?"

"대강."

수길은 교회에 다닌 다음부터, 내가 모르는 걸 제가 알고 있다고 으스댈 때가 많았다.

"전도서도 알아?"

"전도서?"

"있잖아. 성경에는 전도서가 있어. 우리 전도사님

은 전도서를 좋아해."

"뭐?"

"전도사님은 전도서를 좋아한다고. 보여 줄까?"

수길이 성경책을 가져왔다. 전도사님한테 선물로 받은 것이었다. 책 한가운데를 가늠해서 펴니 빡빡한 글씨로 가득한 곳이 나왔다. 수길이 손가락으로 빡빡한 글씨 위에 박힌 좀 큰 글씨를 가리켰다.

전도서 7장

"진짜 전도서가 있네."

"이거 봐, 전도서가 딱 가운데지. 그러니까 전도서는 내장 같은 거야. 성경의 중심이지."

수길이 눈에 힘을 주며 말했다.

"전도사님이 그래? 성경의 중심이라고?"

"아니, 내 생각. 전도사님은 내장 같은 거 몰라. 고기 못 먹거든. 전도사님은 밥이랑 채소랑 생선밖에 못 먹어."

"정말?"

"어. 바다 근처에서 생선 먹고 컸대. 저번엔 서대라

는 물고기를 먹고 싶다고 울었어. 그래서 정호 형도 따라 울었어."

정호랑 정구 오빠는 동생보다 먼저 용비봉교회를 다녔다. 용비봉교회에 등록한 첫 신자가 두 형제였다. 나는 정호가 우는 모습을 떠올렸다. 정호는 내가 아는 남자 중에 제일 잘 울었다. 고무줄놀이하면서 "전우의 시체를 넘고 넘어"를 부르면, 정호가 눈물이 그렁그렁한 채 다가와서 부탁을 했다. 제발 그 노래 좀 하지 마. 가슴이 찢어질 것 같아. 정호 표정이 하도 간절해서, 여자애들은 다른 노래로 넘어갈 수밖에 없었다.

"수길아, 교회에서 정호 많이 우니?"

"음. 어쩔 땐 가만히 십자가 보다가도 울고, 찬송가 부르다 말고도 울어. 전도사님이 서대 먹고 싶다고 그랬을 땐 콧물까지 흘리면서 같이 울었어. 서대가 막창처럼 맛있는 건가 봐."

도살장이 있는 동네를 떠나 바닷가 마을에 살면 나도 선짓국이 먹고 싶어서 울게 될까? 물고기만 먹을 수 있는 전도사님은 왜 부산물 천지인 우리 동네에 와서 사는 걸까?

"수길아, 근데 그 전도사님은 왜 우리 동네에 교회를 열었대? 바닷가에 열면 생선 실컷 먹을 수 있을 텐데."

"아…… 전에 뭐라고 얘기했는데 까먹었어. 정구 형이나 정호 형은 알 거야."

"니네 전도사님 착해?"

"착해. 내가 아는 사람 중에 제일로 착해."

문득 상희 언니가 떠올랐다. 내가 아는 사람 중에 제일 착한 사람은 상희 언니였으니까. 그리고 전도사님이라면 도살장에서 나온 걸 하나도 못 먹는 상희 언니를 이해할 수 있을 것 같았다.

"수길아, 니네 전도사님 총각이랬지."

"응."

"몇 살이야?"

"스물여덟 살."

전도사님이 스물여덟 살이면, 상희 언니랑 열두 살 차이였다. 운전수랑 운전수 마누라는 스무 살쯤 차이가 나니까 열두 살 차이는 괜찮을 것 같았다. 상숙이 엄마는 상희 언니가 시집을 못 갈까 봐 걱정했다. 워낙 작고 마른 데다 고기 냄새도 못 맡는 애를 어느 집에서 며느리로 데려가겠느냐며 한숨을 쉬었다.

"니네 전도사님 여자친구 있어?"

"아니. 여자친구 생기게 해 달라고 기도하는데 안 생긴대. 기도가 이루어지지 않아도 계속 기도하라면서 가르쳐 줬어."

다행이었다. 상희 언니가 스무 살이 될 때까지 그 기도가 이루어지지 않으면 좋을 것 같았다.

"누나, 전도서에 이렇게 나온다. 헛되고 헛되고 헛되고."

"성경책이 뭐 그래. 하나님 믿어라 그런 얘기 나와야 하는 거 아니야?"

"진짜야. 여기 봐 봐. 헛되고…… 헛되며……."

나는 수길이 가리키는 부분을 들여다보았다. 수길이 읽은 그대로였다.

헛되고 헛되며 헛되고 헛되니 모든 것이 헛되도다.

'헛되다'는 엄마가 '우리 딸만 믿는다.'만큼 많이 하는 말이었다. 아빠가 실속 없이 헛된 데 돈을 쓴다고 하면서. 엄마에게 실속은 착실하게 곗돈을 붓고, 집을 사고, 자식을 대학에 보내는 것이었다.

"수길아, 전도서는 전도사님이 쓴 거야?"

"아니야. 옛날 옛날부터 있던 거야. 옛날 옛날부터 성경책에는 전도서가 있었어."

"아……."

나는 전도서가 마음에 들었다. '모든 것이 헛되도다.'가 제일 좋았다. 모든 것이 헛되니까 좋은 집도 헛된 거였다. 술 안 먹고 빤쓰 안 훔치는 아빠도 헛되고, 말을 잘하는 것도 헛된 거였다. 반장으로 뽑히는 것도 헛되고, 예쁜 옷도 헛된 거였다.

"아까 횡단보도에서 나 때린 거 엄마한테 안 이를게. 전도사님이 넓은 마음을 가지라고 했어."

수길은 포롱환을 입에 넣고 우물거리면서 말했다. 머쓱해진 나는 대답은 않고 공연히 도시락 통에 보리차를 부었다.

"누나, 그 대신 놀자."

"뭐 하고?"

"이산가족 놀이."

나는 못 이기는 척 고개를 끄덕이고 보리차를 마셨

다. 수길이 허드레 종이랑 몽당 색연필이 든 깡통을 찾아왔다. 색연필 조각을 손에 쥐고 나한테 시작하라는 신호를 보냈다. 술래가 된 나는 이산가족이 헤어진 시간을 세기 시작했다.

"일 년, 이 년, 삼 년."

'이산가족 놀이'는 삼십삼 년이 끝이었다. 삼십삼 년을 다 세기 전에 종이에 헤어진 가족을 써내지 못하면 영원히 찾을 수 없었다.

"누나, 타임."

"왜?"

"이제 1985년이잖아. 우리 선생님이 육이오전쟁 일어난 지 삼십오 년 됐댔어. 그러니까 놀이 시간도 삼십오 년으로 늘리자."

"안 돼. 이산가족 찾기 방송은 1983년에 했잖아. 이제 방송을 안 하니까, 1983년에 가족을 못 찾으면 영원히 못 찾는 거야."

"정말? 앞으로도? 1999년 돼도?"

"그럼. 영원히는 2000년도 넘어가는 거야."

나는 멋대로 만든 규칙을 불변의 것인 양 늘어놓았다. 이산가족 놀이를 내가 만들어 내기라도 한 것처럼. 나는 느리게 시간을 셌다.

"사 년, 오 년, 육 년."

이산가족 놀이는 1983년 초여름에 생긴 거였다. 어른들이 육이오전쟁에서 헤어진 가족을 찾아 주는 '이산가족 찾기 특별 생방송'에 온통 정신이 팔렸을 때, 우리 골목 애들은 이산가족 놀이를 했다. 특별 생방송이 끝나자 어른들은 각자의 일상으로, 아이들은 고무줄놀이와 땅따먹기 따위로 돌아갔다. 하지만 나와 수길은 우리의 작은 방에서 이산가족 놀이를 이어 갔다.

"칠 년, 팔 년, 구 년."

골목으로 화장지 장수가 지나는 소리가 겹쳐 들렸다.

"화장지 사세요, 화장지. 최고급 화장지를 공장도 가격으로 판매하고 있습니다."

나는 반사적으로 벽시계를 올려다보았다. 오후 3시 55분. 화장지 장수가 늘 지나가는 시간이었다. 하지만 학교에 가지 않은 날, 늦은 점심을 먹고 듣는 화장지 장수 소리는 수업 중에 느닷없이 친 종소리처럼 낯설었다.

"십 년, 십일 년, 십이 년."

"어서 나오셔서 질 좋은 화장지를 공장도 가격으로 들여가시기 바랍니다."

불현듯 최 씨의 목소리, 칼 갈아아 칼 갈고리 갈아아 갈고리 하던 소리가 떠올랐다. 오늘 아침 선지를 사러 가서 본 것들, 만난 사람들이 이산가족 찾기 생방송만큼이나 멀고 아련했다.

"누나, 천천히 좀 해애."

"응."

"십삼 년, 십사 년."

"누나, 더 천천히!"

"쉿! 알았으니까 조용히 해. 아빠가 갑자기 들어올지도 모르잖아. 어쩌면 엄마가 퇴근을 일찍 할 수도 있고."

금방이라도 작은방 문이 벌컥 열릴까 봐 조마조마했다. 엄마 아빠는 이산가족 놀이를 싫어했다. 들키는 날엔 꼼짝없이 엄마한테 욕을 먹었다. 썩을 것들. 에미 애비랑 헤어지고 싶어서 환장했어? 말이 씨 돼서 진짜 고아 되면 어쩌려고! 이산가족 방송 끝난 지가 언젠데 아직도 그 지랄이야! 엄마가 고개를 바짝 들이대고 무섭게 욕을 퍼부었다. 다시는 안 할게요, 잘못했어요. 나는 번번이 울면서 빌었다. 정말 다시는 이산가족 놀이를 하지 않겠다고도 다짐했다. 하지만 하루 이틀 지나면 나는 숙제를 하려고 상을 폈다가도, 빈 종이에 헤어지고 싶은 가족을 적고 싶은 욕망을 누르지 못했다.

"알았어, 누나. 대신 천천히 불러. 쉿."

수길이 목소리를 낮추었다. 창밖으로 아빠처럼 질질 끄는 발소리가 들렸다. 나는 숨을 죽이고 창밖에 귀를 기울였다. 발소리는 우리 집 앞을 지나 다시 멀어졌다.

"누나 안 해?"

"응, 십오 년, ……십육 년, ……십칠 년."

"됐어, 누나. 몇 년이야?"

수길이 허드레 종이에 쓴 가족 찾기 판을 가슴에 대며 일어섰다.

3254번 이름 강수길.

1985년 당시 10세.

살던 곳 황롱구 황롱1동.

"십칠 년. 시작할까?"

"응."

나는 술래에서 아나운서가 되었다. 손 마이크를 만들어 입에 대고, 이산가족 놀이의 한가운데로 들어갔다.

수길 (카메라 앞에 서는 것처럼 머리를 매만지고. 목을 가다듬고) 제 이름은 강수길입니다.

아나운서 3254번 신청자 강수길 씨. 강수길 씨는 누구를 찾으러 오셨습니까?

수길 누나를 찾으러 왔습니다.

아나운서 친누나인가요?

수길 (고개를 숙여 눈물을 닦는 척하다 천천히 고개를 든다.) 예, 하나밖에 없는 친누나입니다.

아나운서 누나에 대해 자세히 말씀해 주십시오.

수길 누나 이름은 강수원입니다. 나보다 세 살 많아요. 과수원이라고 부르면 좋아라 했습니다. 누나는 신용비국민학교 6학년에서, 아니 6학년 8반 여자 중에서 제일 커요. 힘이 엄청나게 세요. 운동회 할 때

장대 바구니도 들었습니다. 나를 놀려 먹던 애가 누나를 보고 도망간 적도 있습니다. '천하장사 강장군'이라고 불렸습니다. 누우나, 보고 싶어!

아나운서 강수길 씨, 누나를 무척 사랑하시나 봅니다. 살던 곳은 어디신가요?

수길 용비봉 아랫동네요. 개천 쪽 말고 용비봉 올라가는 큰길 쪽이요. 앞집에 정구 형, 정호 형이 살았어요. 형들이랑 용비봉교회를 다녔어요. 전도사님이 성경책을 줬어요. (성경책을 번쩍 들며) 이게 그거예요. 전도사님 보고 싶어요!

아나운서 예. 동네에 용비봉교회가 있었군요. 강수길 씨, 누나와 살던 집 주소를 기억하시나요?

수길 (성경책을 내려놓고) 아, 황룡1동 718번지입니다. 1층에 살았어요. 부엌문을 열면 바로 골목이에요. 화장실은 골목을 따라서 걷다가 주인집 대문으로 들어가면 있어요. 한번은 어떤 사람이 우리 집 부엌문을 화장실인 줄 알고 벌컥 열었어요. 누나가 목욕하는데…….

아나운서 (손사래를 치며 말을 끊는다.) 네, 네. 시간 관계상 여기까지만 하겠습니다. 강수원 씨, 신용비국민학교 6학년 8반이었던 강수원 씨, 남동생 강수길 씨가 애타게 찾고 있습니다. 다른 가족도 소개해 주시죠.

수길 엄마 이름은 오순자입니다. 내장국이랑 선짓국을 잘해요. 빵 공장에서 일했어요. 팥을 헹궜습니다. 엄마는 '구워 삶는다'가 틀린 말이라고 그랬습니다. 내장은 삶은 다음에 구워야 하니까요. 삶아 구우면 맛있어요. 우리 집 근처에 소방서가 있어요. 소방서에 시계탑 있어요. 시계탑에 비둘기가 똥을 싸…….

아나운서 강수길 씨, 삼천포로 빠지지 말고 어머니 얘기를 계속하시죠.

수길 예, 어머니, 아니 엄마가 막창을 얻어 오면 연탄불에 구워 먹었습니다. 누나는 소금 찍어 먹고 나는 된장 찍어 먹어요. 새끼뽀는 더 맛있습니다. 삶아 구우면 맛있습니다. 우리 엄마는 엉덩이에 점이 두 개예요. 큰 점 하나, 작은 점 하나. 이산가족 방송 할 때 엉덩이를 까서 보여 줬습니다. 잃어버리면 엉덩이 점으로 찾으라고. 어엄마아! 보고 싶어!

아나운서 빵 공장에서 일했던 오순자 어머니. 강수길 씨가 엉덩이에 점이 두 개 있는 오순자 씨를 찾고 있습니다. 다른 가족은 없나요?

수길 아빠 이름은 강종근입니다. 황룡공단 창고에서 일했어요. 월급날 곰보빵을 사 왔어요. 아빠는 우리 수길이, 우리 수길이 그랬습니다.

아나운서 아버지 나이는요?

수길 엄마보다 네 살 많아요. 허리랑 다리를 다쳐서 철심을 박았습니다. 그런데 죽었습니다.

아나운서 아버지가 돌아가셨다고요?

수길 (고개를 떨구며) 공산당과 싸우다 죽었습니다. 아빠는 맨 앞에서 용감하게 공산당을 무찔렀어요. 공산당 총을 맞고 죽었어요. 우리는 아빠가 싸우러 갈 때, 태극기를 흔들며 울었습니다. (흐느끼는 듯 어깨를 들썩이며) 나는 공산당이 싫어요!

수길은 어깨까지 들썩이며 우는 시늉을 했다. 수길은 아빠가 공산당과 싸우러 가고, 우리가 태극기를 흔드는 부분을 늘 빠뜨리지 않았다. 그리고 언제나 아빠는 전쟁터에서 죽었다고 했다. 변태, 똥싸배기, 주정뱅이, 실업자 아빠가 반공 투사로 거듭난다면! 나는 더 이상 이산가족 찾기 생방송 아나운서

가 아니었다. 자유민주주의를 수호하려고 북한 괴뢰
군과 싸우다 죽은 아빠를 둔 전쟁고아, 극적으로 동
생을 만나 전국을 울린 생방송의 주인공 강수원이었
다. 전쟁이 나서 주정뱅이 변태 아빠든 훌륭한 아빠
든 죄다 죽어 버리면, 좋은 집이건 길가 셋방이건 다
잿더미로 변하면 얼마나 좋을까. 나는 정말 아빠를
존경하고 그리워하며 열심히 살아가는 전쟁고아가
될 것 같았다.

　수원 수길아! 맞다 맞아!

　수길 누우나! 맞다 맞아!

　수원 (동생을 부둥켜안고) 그동안 어디 있었어?

　수길 서울에 살았어. 사장님 됐어.

　수원 서울 어디? 종로?

　수길 응, 종로. 바퀴 달린 의자를 빙빙 돌리면서 살
아. 누나는?

　수원 수원에 살아.

　수길 수원에 산다고? 꿈이 이루어졌네?

　수원 그래, 수원성 동구 밖 과수원 길에 살아. 밤나
무가 천 그루야. 아카시아꽃이 활짝 피면, 너랑 용비

봉 가던 생각을 했어.

　수길 정말?

　수원 그래 수길아. 누나는 부자야. 딸기밭도 있어.
봄 되면 와서 마음껏 딸기 먹어. 가을에는 벌레 없는
밤을 열 포대씩 부쳐 줄게.

　나는 밤벌레 할머니보다 더 큰 포대로 밤을 선물
하는 상상을 했다. 밤벌레 할머니는 골목 첫 집 뒷방
에 살았다. 우리 친정은 부자야. 수원에 엄청 큰 과수
원을 갖고 있어. 엄청 넓은 딸기밭도 있지. 봄에는 딸
기가. 가을엔 밤이 지천이라고. 할머니는 부잣집 딸
로 얼마나 행복한 어린 시절을 보냈는지 지겹도록 이
야기했다.

　하지만 할머니는 한 번도 친정에 가지 않았다. 할
머니를 찾아오는 친척도 없었다. 가을이 끝날 즈음이
면 친정에서 부쳐 주는 밤이, 밤 과수원 집 딸이라는
걸 증명할 뿐이었다. 아마도 친정에 빚을 지고 못 갚
아서 왕래가 끊긴 것 같아. 누이가 저러고 사니까 불
쌍해서 농사지은 거 보내 주는가 봐. 나도 저런 거 보
내 주는 친정이 있었으면……. 엄마는 가을마다 오

는 밤 포대를 부러워했다. 밤벌레 할머니는 밤을 까서 채반에 말렸다. 나머지는 모래랑 섞어서 항아리에 담아 두었다. 그렇게 하면 봄까지 먹을 수 있다면서 이웃에겐 한 톨도 주지 않았다. 봄이 되면 벌레 난 밤을 잔뜩 버리면서도.

나는 방송국 스튜디오에서 동생과 만나는 기분을 살리려고 눈을 꼭 감았다. 이산가족 놀이를 하는 동안 우리는 그 누구보다 의좋은 남매였다.

수길 누나, 엄마는?

수원 엄마는 수원에서 빵집을 해. 단팥빵이 유명해. 팥은 일하는 사람들이 씻어. 엄마는 편하게 앉아서 계산만 해. 엄마는 사장님이야.

나는 수길을 더 꽉 껴안았다. 아빠는 북괴와 싸우다 죽고, 엄마는 빵집 사장이 되고, 나는 딸기밭과 밤나무 천 그루 주인이라니! 전쟁은 정말 근사했다.

"땡! 이제 누나 차례."

수길이 답답한지 내 가슴을 밀어냈다. 이제 수길이 아나운서를 할 차례였다. 수길이 나를 찾고 나면, 나는 놀이 속에서 마음껏 근사한 부모를 만들어 낼 수 있었다. 나는 수길이 쓰던 몽당 색연필을 쥐고 바닥에 배를 깔고 누웠다.

"시작! 일 년, 이 년, 삼 년, 사 년."

수길이 술래를 하면 세월이 빨리 흘렀다. 그래도 괜찮았다. 내 머릿속에는 찾고 싶은 가족과 사연이 잔뜩 들어 있어서, 후다닥 적어 낼 수 있으니까.

"오 년, 육 년, 칠 년, 팔 년."

나는 흘긋 수길이 가족 찾기 판을 보았다. 신청 번호 3254. 그럼 나는 3255번이었다. 번호 옆에 이름을 적었다.

3255번 이름 진미리.
1985년 당시 13세.
살던 곳 서울특별시 반포아파트.

우리 반에서 얼굴이 제일 뽀얗던 진미혜는 반포아파트로 이사 갔다.

"구 년, 십 년, 십일 년, 십이 년."

엄마 김민정.

1985년 당시 42세.

직업 피아니스트.

피아니스트 엄마는 집에서 홈드레스를 입고 불우
이웃 돕기 성금으로 삼천 원을 주었다.

"십삼 년, 십사 년, 십오 년, 십육 년, 십칠 년."

아빠 진명호.

1985년 당시 42세.

직업 교수.

피아니스트 엄마와 대학교 교수 아빠. 완벽한 한 쌍
이었다. 5학년 때는 교수 아빠한테 탤런트 한진희 이
름을 따서 '진진희'라는 이름을 지어 주었는데, 수길
이 여자 이름 같대서 '명호'로 바꾸었다.

"됐어."

나는 허드레 종이에 쓴 가족 찾기 판을 가슴에 대
며 일어섰다.

"십팔 년, 시작할까?"

"응."

수길은 술래에서 아나운서가 되었다. 손 마이크를 만들어 입에 대고, 다시 이산가족 놀이의 한가운데로 들어갔다.

진미리 (카메라 앞에 서는 것처럼 머리를 매만지고, 목을 가다듬고) 제 이름은 진미리입니다.

아나운서 3255번 진미리 씨. 누구를 찾으러 오셨나요?

진미리 엄마 아빠를 찾으러 왔습니다.

아나운서 동생은요?

진미리 동생은 없습니다. 저는 외동딸입니다.

아나운서 어디 살았어요?

진미리 반포아파트에 살았어요. 키는 보통이고 힘이 약한 어린이였어요.

아나운서 아, 우리 누나는 힘이 센데. 도살장 광고에 나올 뻔했어요.

"수길아, 타임."

나는 가족 찾기 판을 내렸다.

"왜애?"

"아나운서가 자기 누나 얘기를 왜 해?"

"알았어."

아나운서 강수원, 아니, 진미리 씨, 어디 살았어요?

진미리 반포아파트에서 제일 큰 집에 살았어요. 전쟁이 날 때 하얀 원피스를 입고 있었어요. 몸이 약해서 무거운 걸 못 들었어요. 말을 또박또박 잘해서 별명이 아나운서였어요.

아나운서 아빠 이름은요?

진미리 아빠 이름은 진명호예요. 대학교에서 교수님을 했어요. 나이는 마흔두 살이었어요. 술은 한 방울도 마시지 않았어요. 아빠는 다른 집 빨래에 관심이 없었어요. 빤쓰에는 아무 관심이 없었어요. 양복에는 관심이 많았어요. 바지를 잘 다려 입고, 바짓가랑이에 밥풀을 묻히지 않았어요. 구두는 먼지가 끼지 않게 잘 닦아서 신었어요. 아빠는 요리를 잘했어요. 소간볶음을 해 주었어요. 막창구이도 잘했어요.

아나운서 공산당이랑 싸웠나요?

진미리 아니에요. 아빠는 부산으로 피난 가서 교수님을 했어요. 분명히 살아 있을 거예요.

아나운서 엄마 이름은요?

진미리 엄마 이름은 김민정이에요. 엄마는 피아니스트였어요. 저는 엄마한테 피아노를 배웠어요. 그래서 엄마 아빠를 잃어버리고 고아원에 가서도 피아노를 쳤어요. 저는 지금 피아니스트예요. 엄마는 절대로 욕을 하지 않았어요. "이년아." "지랄이야." 같은 말을 세상에서 제일 싫어했어요. 동네 아줌마한테 화가 나도 참았어요. 딸을 절대로 골목에 세워 두지 않았어요. 엄마는 피아노로 〈매기의 추억〉을 치면서 노래를 불렀어요. 자장가로도 불러 주었어요. 아나운서님, 제가 그 노래 불러도 될까요?

아나운서 부르세요.

진미리 (큼큼 소리를 내며 목을 가다듬고) 옛날에 금잔디 동산에 매기, 같이 앉아서 놀던 곳. 물레방아 소리 들린다, 매기, 내 사랑하는 매기야. (눈물을 흘리며) 동산 수풀은 없어지고, 장미꽃은……. (목이 메어 더 이상 부르지 못한다)

"타임, 누나는 이상해."

"뭐가?"

"가짜 엄마 얘기하면서 진짜로 눈물이 나?"

"……."

그랬다. 놀이 속 엄마를 얘기할 때면, 놀이 속 엄마가 피아노를 치며 불러 준 노래를 부를 때면, 나는 울었다. 우리 엄마에겐 어떤 욕을 들어도 나오지 않는 눈물이, 아빠가 전쟁터에서 죽었다고 상상해도 나오지 않는 눈물이 줄줄 쏟아졌다.

"계속해."

나는 다시 가족 찾기 판을 가슴에 댔다. 가짜 엄마를 만나는 순간이 코앞이었다. 수길이 가짜 엄마가 되어 나를 끌어안는 순간이 되면, 조그만 가짜 엄마 품에서 그렇게 실컷 울고 나면, 횡단보도에 널브러진 내장처럼 흙투성이가 된 마음이 말갛게 씻길 것만 같았다.

엄마 수원, 아니, 미리야! 맞다 맞아!

진미리 엄마아! 맞다 맞아!

엄마 (진미리를 부둥켜안고) 그동안 어떻게 지냈니?

"무식한 아줌마랑 살았어요. 도살장에 선지 사러 보내는."

나는 갑자기 꺼든 목소리에 화들짝 놀라 가짜 엄마 품에서 고개를 돌렸다. 엄마였다. 진짜 우리 엄마가 문 앞에 서 있었다.

"엄마."

수길이 놀라서 뒤로 물러났다.

"선지 사 오다가 횡단보도에서 넘어졌어요. 무르팍 깨졌어요. 그 사람 많은 데서 동생 머리채를 잡고 따귀를 때렸어요. 무식한 아줌마한테 맞았어요."

엄마가 방으로 뛰어들어왔다.

"이년이 어디 귀한 내 아들 빰을 때리고 욕을 해! 그 사람 많은 데서!"

엄마가 내 빰을 때렸다. 나는 서랍장 쪽으로 쓰러졌다. 아아! 엄마였구나. 욕하고 따귀를 때리는 나는 엄마를 닮았구나. 나는 더 이상 내 몸속 소의 피를 상상하지 않아도 되었다.

"엄마, 누나 때리지 마."

"저리 가!"

"엄마아, 내가 누나 넘어지게 했는데."

수길은 엄마 팔에 매달렸다. 엄마는 동생을 뿌리치고 다시 나를 잡아서 뺨을 때렸다.

"아아!"

아팠다. 뼈가 부스러진 것처럼 아팠다. 하지만 마음은 이상하게 가라앉았다. 누군가한테 머리채를 잡히고 잔뜩 욕을 얻어먹은 것처럼, 뺨 맞는 나에게 아무도 다가오지 않는 것처럼 외로웠던 마음이 비로소 제 집을 찾아든 느낌이었다.

그날 밤, 나는 설핏 잠이 들었다가 노랫소리에 잠이 깼다.

"옛날에 금잔디 동산에 매기, 같이 앉아서 놀던 곳."

나는 살그머니 실눈을 떴다. 엄마였다. 창으로 스며든 가로등 불빛이 우람한 엄마 실루엣을 보여 주었다.

"물레방아 소리 들린다, 매기, 아아 희미한 옛 생각."

우리 엄마 오순자 씨가 어두운 방에 덩그러니 앉아

노래를 부르다니…… 꿈속인지, 아니면 아직도 이산가족 놀이 속인지 어리둥절했다.

"동산 수풀은 없어지고, 장미꽃은 피어 만발하였다."

엄마의 노랫소리는 슬펐다. 그리고 장미 꽃잎처럼 여렸다.

'자장가로 〈매기의 추억〉을 불러 주던 사람은 진짜 우리 엄마였나?'

나는 슬프고도 여린 노랫가락에 조금씩 젖어들었다.

"물레방아 소리 그쳤다, 매기."

엄마가 갑자기 노래를 뚝 그쳤다. 그러고는 내 뺨에 손을 댔다. 엄마의 손바닥은 조금도 여리지 않았다. 점포에 매달아 놓은 죽은 소꼬리가 내 뺨에 닿았을 때처럼, 차갑고 딱딱했다.

"……내 사랑하는 매기야."

엄마가 내 이마에 입술을 갖다 댔다.

"……내 사랑하는…… 매기야."

주르륵 눈물이 났다. 눈물이 엄마 손에 닿을 것 같아서 나는 뒤척이는 척 고개를 돌렸다. 엄마는 손을

떼고 자리에서 일어나 부엌으로 나갔다. 나는 베갯잇
에 얼굴을 묻고 울었다. 조그만 가짜 엄마 품에 안긴
것처럼 오래오래 울었다.

3
길

길 위에는 어느새 첫꽃 행렬이 만들어졌다.
피리 부는 사나이가 온 동네 아이들을 홀린 것처럼,
아카시아꽃이 우리를 이 세상 한 꺼풀 뒤에 있는
이상한 나라로 데려가는 것만 같았다.

"수원아, 어서 일어나."

엄마가 내 팔뚝을 잡고 흔들었다.

"벌써 산등성이 부예진다. 해 뜨기 전에 얼른 가야지."

"으응."

나는 부러 눈을 뜨지 않고 엄마 손길을 즐겼다. '엄마가 손으로 깨워 주는 날'을 조금이라도 더 누리고 싶었기 때문이다. 엄마는 평소에 우리를 발로 깨웠다. 내가 허벅지나 엉덩이를 차이지 않고 아침을 맞을 수 있는 날은 명절이랑 생일, 그리고 아카시아꽃이 처음 필 때뿐이었다.

"강수원, 첫꽃 먹는 날이라니까."

'첫꽃.'

머릿속이 환해지면서 잠이 퍼뜩 달아났다. 달콤하고도 간질간질한 아카시아꽃 맛이 떠올라, 어느새 입에 침이 고였다.

우리 동네에선 그 해 처음 맺힌 아카시아꽃을 '첫
꽃'이라 불렀다. 그리고 아카시아 개화기의 첫 일요일
을 '첫꽃날'로 정했는데, 이날 동틀 무렵이면 용비봉
아래엔 동네 아이들이 몰려들었다. 밤새 열에 시달린
아이도, 다리를 접질린 아이도 산에 올라 아카시아
꽃을 따 먹었다.

어른들은 첫꽃 안에 아이들을 아카시아처럼 강인
하게 만드는 기운이 담겨 있다고 믿어, 아이들을 용비
봉에 올려 보냈다. 아카시아는 보통 나무보다 두 배
는 빨리 자라지. 바위 옆에 있어도 끄떡없이 살아. 가
물어도 안 죽고, 물난리에도 안 죽는다고. 어디서든
뿌리를 내리고 살아남는 게 바로 아카시아라구. 첫꽃
이 맺힐 즈음이면 엄마는 지난해에 한 얘기를 몇 번
이고 되풀이했다.

"수원아, 얼른 일어나라니까. 정구랑 정호는 벌써
올라갔어. 진작 대문 열리는 소리 났다고."

"음."

나는 옆으로 돌아눕는 척하면서 엄마 몰래 침을
삼켰다.

'기다렸다 같이 가지.'

나는 정구 오빠랑 따로 올라가는 게 못내 서운했다. 정구 오빠는 작년에 산 밑에서 나를 보고도 눈인사만 하고 서둘러 올라가 버렸다. 그때만큼은 착해빠진 정구 오빠도 아니고, 재미난 가수 김영감도 아닌 것 같았다. 그저 제일 좋은 첫꽃을 먼저 차지하려는 욕심으로 가득한 평범한 우리 동네 사내아이였다.

'정구 오빠는 아직 사춘기 안 됐나 보다.'

첫꽃은 초경을 시작하지 않은 여자아이, 몽정을 시작하지 않은 남자아이만 먹을 수 있었다. 하지만 상숙은 초경을 시작하고도 먹을 거라고 했다. 첫꽃날 나타나지 않으면 초경이 시작된 걸 들켜 버리기 때문이다. 어쩌면 정구 오빠도 무언가 시작된 걸 들킬까봐 일찌감치 올라갔는지도 모를 일이었다.

"애가 요새 선짓국을 제대로 못 먹어서 그런가. 왜 이렇게 팔딱 못 일어나고 늘어진대."

엄마는 내 팔을 당겨 억지로 앉혔다. 나는 못 이기는 척 늘어지게 하품을 하며 눈을 떴다.

"망할 인간이 선지 한 들통 제대로 못 받아 오면서 다른 식구들까지 못 가게 만들어."

엄마가 투덜거리며 전등을 켰다. 나는 눈살을 찌

푸리고 앉아 김이 모락모락 오르는 선짓국 한 대접을 떠올렸다. 배추 시래기와 내장이 듬뿍 들어간 선짓국 생각에, 나는 부쩍 허기가 졌다.

사거리에 선지 들통을 쏟은 날부터 나는 서울부산물에 가지 못했다. 아빠가 '눈에 흙이 들어오기 전까지 다시는 내 새끼들을 도살장에 보내지 않겠다.'고 선언했기 때문이다. 아빠는 자기가 선지를 받아 온다고 해 놓고는, 한 달 동안 겨우 두어 번 다녀왔다. 서울부산물 아줌마는 아빠한테 덤은커녕 팔다 남은 간 한 쪽도 주지 않았다. 아빠는 나처럼 일찍 가는 게 아니어서 마수걸이도 아닐 텐데 말이다.

엄마는 선지를 넉넉히 넣지 못하는 대신 미원으로 국물 맛을 냈다. 엄마는 그걸 '뻥튀기국'이라고 불렀는데, 꼭 뻥튀기 과자처럼 잔뜩 먹어도 금세 배 속이 허전해졌다.

"수길아, 얼른 일어나."

엄마는 가슴께까지 말려 올라간 동생 러닝셔츠를 허리춤으로 내려 주었다.

"강수길, 기상. 아카시아꽃 폈다."

엄마가 동생 팔을 흔들다가 볼을 툭툭 두드렸다.

"으응?"

수길은 눈을 감은 채 입만 벌렸다.

"뭐가 으응이야. 얼른 일어나!"

엄마가 동생 팔을 당겼다. 수길은 고개를 뒤로 젖히고 저항했지만, 엄마는 기어이 동생을 일으켜 세웠다.

"내일 가면 안 돼?"

수길이 팔을 흐느적거리며 물었다.

"안 돼. 오늘이 첫꽃날이야. 얼른 세수나 해."

수길은 엄마한테 질질 끌려서 부엌으로 나갔다. 나도 모르게 눈이 감겼다. 수길이 세수를 하는 사이에 조금만 더 눕고 싶었다. 정신을 차리려고 창을 활짝 열었다. 건너편 정호네 담벼락과 그 앞에 놓인 쓰레기통이 가로등 불빛에 윤곽을 드러내고 있었다. 나는 창문에 달린 모기장에 코가 닿을 만큼 바싹 다가가 새벽바람을 맞았다.

"아, 좋다아."

초여름의 새벽 공기는 기분 좋게 서늘했다. 간밤에 누군가 골목에 지려 놓은 오줌 냄새와 쓰레기 냄새를 뚫고 달콤하고 향긋한 무언가가 느껴졌다. 희미하긴 했지만, 그건 분명 용비봉을 감싼 아카시아 꽃 향기였다.

첫꽃날 산 밑에 제일 먼저 자리 잡는 사람은 새벽 잠 없는 할머니들이었다. 할머니들은 산 아랫길에 조 르륵 앉아 있다가 해가 뜨기 전부터 조급하게 산에 오르려는 아이들을 막았다. 아카시아꽃을 먹기에 너 무 어린 아이들을 가려내는 것도 할머니들 몫이었다. 애기 엄마, 걔는 아직 안 되겠네. 아카시아꽃엔 독 이 있거든. 독한 세상 몇 년 살아 내면서, 단단한 이 빨을 열 개는 만들어야 첫꽃을 먹어도 탈이 없네. 허 리가 낫처럼 굽은 할머니가 그렇게 우물우물 내뱉을 때면, 첫꽃을 먹는 게 옛날 옛적부터 이어져 온 전통 처럼 느껴졌다. 불과 이십여 년 전 용비봉에 아카시 아 숲이 우거진 때부터 시작된 풍습이라고 보기엔, 첫꽃날은 모두에게 너무나 깊고 자연스럽게 스며들 어 있었다.

노인들은 어른들이 산에 오르는 걸 막기도 했다. 한번은 반장 아저씨가 술을 담가 먹으려고 꽃가지를 몰래 가지고 내려오다가 걸려서 혼쭐이 났다. 이보 게, 자네는 아직도 사내구실 못하는가? 첫꽃은 제구실 못하는 애들이 먹는 거라고. 우리 동네에서 어른이 첫꽃을 먹는 건 아주 부끄러운 일이었다. 노상 방뇨, 고성방가, 패싸움, 밤이 썩어도 이웃과 나누지 않는 것, 심지어 술 먹고 남의 집 빨래를 슬쩍하는 것보다 더한 수치였다.

"다녀오겠습니다."

나는 부엌문을 열고 신발을 신었다. 가로등이 어둑한 골목을 비췄다. 동녘에 우뚝 선 용비봉은 아직 어둠에 잠겨 있었다. 산등성이는 연회색 크레파스로 칠한 것처럼 흐릿했다.

"얼른 가라. 칼자국 난 나무는 피하고."

엄마가 내 머리카락을 손가락으로 빗겨 주며 말했다. 기분이 좋아서 저절로 입이 벌어졌다. 엄마가 나를 손으로 흔들어 깨워 주는 것보다 훨씬 드문 일이었다. 나는 살짝 무릎을 구부려 엄마가 좀 더 편안하게 나를 만질 수 있는 자세를 취했다.

"우리 딸, 이제 나보다 더 크네."

엄마가 눈가 주름을 우동 가락처럼 만들며 웃었다.

"좀 있으면 아빠보다 크겠어."

엄마는 계속 웃었다. 찡그리는 건지 웃는 건지 분
간이 안 되는 보통 때와 달리 개운하고 따듯한 미소
였다. 나는 첫꽃날 만날 수 있는 그런 엄마 표정이 좋
았다.

"지금처럼 첫꽃 먹는 건 올해로 끝이야. 실컷 먹
어 둬."

엄마가 동생 윗옷자락을 바지춤에 넣어 주며 말
했다.

"왜?"

"학교 진입로 옆으로 아파트 짓는다잖니. 뭐라더
라, 구민 체육 센터? 그것도 짓고. 아카시아 숲이며
짬뽕 숲이며 다 밀어 내고, 약수터는 체육 센터 마당
으로 들어간대."

"뭐어?"

첫꽃날의 설렘이 밥물 잦아들듯 꺼졌다. 우리 동
네에서 공짜로 먹고 마음껏 놀 수 있는 데는 용비봉
밖에 없었다.

"숲을 언제 미는데?"

"글쎄. 아카시아 꿀 다 받은 다음에 한다는 말도
있고, 구청에서 그런 사정 봐주겠냐는 말도 있고."

"아."

"정호네가 걱정이다. 약수터가 체육 센터 마당으로 들어가면 노점 장사를 못 한다잖아. 폐병 앓은 사람이라 나처럼 힘쓰는 일도 못 하고, 부업 받아다 해 봤자 반찬값 될까 말깐데……. 요새 정호 엄마 얼굴이 어두워."

엄마가 한숨을 쉬었다. 정호 엄마는 열다섯 살부터 황룡공단에서 일했다. 정호가 세 살 되던 해에 폐병이 생겨, 공단 일을 그만두었다. 정호 엄마는 조금만 움직여도 숨을 몰아쉬었다. 무거운 것도 잘 들지 못했다. 정구 오빠가 학교 가기 전에 커피 수레를 약수터까지 밀어다 주면 겨우 장사를 했다. 비가 올 때는 집에서 부업으로 전자 제품을 조립했다. 정호 엄마 힘으론 벌을 치는 일도 어려웠다. 벌치기 아저씨들이 정호 엄마의 딱한 사정을 알고 약수터에서 장사할 만큼 꿀을 따게 도와주었다.

"엄마, 체육 센터를 뭣하러 지어?"

"운동하라고 짓겠지."

"지금도 용비봉에서 운동하잖아."

"그러게 말이다."

구민 체육 센터가 없어도 우리는 용비봉에서 날마다 체육을 했다. 나뭇가지에 매달리기, 바위 타기, 전쟁놀이, 산길 쏘다니기…… 산에서 노는 애들은 태권도장 같은 데 다니지 않아도 잔병치레 없이 잘 자랐다.

"말이 좋아 구민 체육 센터지, 새로 멀끔하게 지으면 돈 안 받고 들어가게 해 주겠니? 거참, 물도 돈 내고 사 먹는 세상이 오더니 이제 뒷산도 돈 내고 올라가게 생겼다. 도살장도 옮긴다고 하고. 배운 거 없고 가진 거 없는 사람들 살기 좋은 데가 황룡동이란 것도 옛말 되게 생겼다."

아파트와 구민 체육 센터가 들어선 황룡동은 어떤 모습일까? 모르긴 해도 진미혜가 전학 간 반포동이나 이름만 들어 본 혜화동처럼, 좀 더 서울특별시다울 것이다. 나는 홍콩반점 벽에 붙어 있던 황룡동 지도에서 도살장이랑 학교 진입로 옆을 뭉텅 잘라 낸, 새로운 지도를 머릿속으로 그려 보았다.

"어휴."

목이 꽉 끼는 겨울 스웨터를 입은 것처럼 갑갑해졌다. 나는 티셔츠 목덜미를 앞으로 쫙 잡아당겼다.

"엄마, 산에 바위 있는데 아파트를 어떻게 지어?"

수길이 눈이 둥그레져서 물었다.

"그깟 바위, 기계로 뽑아내면 그만이지. 땅 주인이 벌써 건설 회사에 팔았단다. 10층짜리 아파트 짓는대."

"10층?"

우리 동네에 그만큼 높은 건물은 없었다. 제일 높은 황룡의원도 겨우 5층이었다. 10층이면…… 용비봉 꼭대기까지 거의 닿지 않을까? 구부정 바위 뒤 한적한 등성이에 있는 아카시아 나무들, 수길이 좋아하는 칼자국 난 아카시아, 산딸기 덤불, 벌치기 아저씨가 낮잠을 자던 돌무덤 근처, 벌통, 비가 오면 시냇물이 흐르는 조그만 계곡, 망태 할아버지들의 움막……. 그 모든 게 몇 달 후면 흔적도 없이 사라진다는 게 믿기지 않았다.

"자자, 그만 출발해. 기둥 굵고 튼튼한 놈 걸로 따먹어야 한다. 나무에 칼자국 있나 없나 잘 살피고."

"예."

수길이 호기롭게 대답했다. 수길은 칼자국을 잘 살필 것이었다. 칼자국 있는 나무에 맺힌 꽃만 골라 먹을 게 뻔했다.

"흐하아."

나는 어둑어둑한 하늘을 올려다보다가, 입이 찢어지게 하품을 했다. 눈물이 찔끔 흘러내렸다. 나는 손등으로 눈물을 닦고 새벽 공기 속에 담긴 골목을 돌아보았다. 정호네, 반장네, 운전수네, 옛날 상숙이네, 그 옆집, 누가 사는지 알 수 없는 몇 군데, 그리고 밤벌레 할머니 집에 불이 켜져 있었다.

"수길아, 밤벌레 할머니 벌써 일어나셨나 봐. 원래 늦잠꾸러긴데."

"맞아. 할머니 때문에 우리 도시락 못 싸 갖고 간 적도 있잖아."

아빠가 다쳐서 병원에 있는 동안 밤벌레 할머니는 우리를 돌보겠다고 나섰다. 이웃사촌이 부모 형제보다 낫다고 엄마는 할머니 손을 잡고 눈물을 글썽이기까지 했다. 할머니 말씀 잘 듣고 지내. 엄마는 병원에 짐을 싸 들고 가면서 단단하게 일렀다. 하지만 할머니는 우리를 돌보지 않았다. 우리가 스스로 일어나 도시락을 챙기고 학교에 갈 때까지 할머니는 잠에 깊이 취해 있었다. 미안하다, 내일은 꼭 일찍 일어나서 도시락 챙겨 줄게. 할머니는 철석같이 약속해 놓고 다음 날 또 늦잠을 잤다. 하는 수 없이 내가 밥을 해서 아침을 차리고 도시락을 쌌다. 한참 간장에다 밥을 비벼 먹고 있는데 할머니가 부스스 일어났다. 에구, 내 것까지 비벼 놨네. 수원이는 어른 공경할 줄을 안다니까. 내가 아침으로 밥 두 공기를 먹는다는 걸 할머니는 모르는 것 같았다. 할머니, 그, 그거 그러니까…… 다 제 건데요. 나는 공경할 줄 아는 어린이를 포기하고 싶었다. 아침 많이 먹으면 속이 안 좋아. 할머니는 기어이 밥 한 공기를 다 비웠다. 할머니는 내가 저녁에 먹으려고 해 놓은 밥까지 먹어 치웠다. 엄마한테 말해서 할머니가 자기 집으로 돌아갈 때까지, 내가 할머니를 돌봐 드린 셈이었다.

"누나, 밤벌레 할머니 이제 부지런해진 건가?"

"아닐걸. 저번 토요일에도 우리 학교 갔다 올 때쯤에 막 잠 깬 얼굴로 쓰레기 버리러 나왔잖아. 내 생각엔 할머니 말고 할아버지가 공공 근로 나간 거 같아."

"맞다. 저번에 밤벌레 할아버지가 전봇대에 붙은 벽보 떼는 거 봤어."

"나도."

공공 근로는 동사무소에서 주는 일거리였다. 생활이 어려운데 힘든 일을 못하는 사람에게 길바닥 껌떼기, 벽보 떼기, 용비봉 쓰레기 줍기 같은 일을 하게 하고 약간의 일당을 주었다. 공공 근로를 하는 건 '나는 구청에서 정부미를 받아먹는 가난한 사람'이라는 걸 드러내는 일이었다.

"허어억."

수길이 늘어지게 하품을 했다. 아직도 잠이 덜 깬 것 같았다.

"누나, 근데 우리 아빠는 공공 그거 하면 안 돼?"

"공공 근로?"

"응."

잠이 확 달아났다. 공공 근로 네 글자가 마음에 꾹 찍혀 버렸다. 툭 턱 툭 턱, 발소리에만 집중하고 머리랑 마음은 텅 비우고 싶었다.

밤벌레 할아버지가 납작칼을 바투 쥔 모습은 그럭저럭 괜찮았다. 대문간에 쭈그리고 앉아 담배를 피울 때완 비교할 수 없는 활기도 느껴졌다. 하지만 아빠가 그 일을 하는 건 싫었다. 공공 근로 하는 아빠를 들키는 건, 내장 행구는 엄마를 들키는 것보다 더 부끄러웠다.

"누나, 우리 아빠도 밤벌레 할아버지처럼 벽보는 뗄 수 있어."

"야, 우리 아빠처럼 젊은 사람은 안 시켜 줘."

"이상하다. 나 어떤 아저씨가 벽보 떼는 거 봤는데. 그 아저씨도 할아버지 아니었는데."

"아빠 안 시켜 준다니까 그러네."

나는 발끈 성을 내고 앞으로 걸어 나갔다. 31통 골목을 빠져나와서 산 쪽으로 난 넓은 길로 꺾어졌다. 그 길을 따라 곧장 십 분만 걸어 올라가면 용비봉이었다. 우리 앞에 그리고 뒤에 둘씩 셋씩 무리 지은 아이들이 눈에 띄었다.

"누나, 난 첫꽃날이 소풍보다 좋아."

수길이 눈을 비비더니 깽깽이걸음을 했다.

"왜?"

"과자랑 음료수 같은 거 안 사도 괜찮으니까."

"하긴. 소풍은 돈이 너무 많이 들어."

"첫꽃날은 도시락도 필요 없어. 김밥 가지고 갈 필요도 없고."

"김밥 얘기하니까 배고프다."

"나도 김밥 먹고 싶다. 우리 엄마 김밥은 참 맛있는데 그냥 집에서만 먹었으면 좋겠어."

"왜?"

"좀 창피하잖아. 누런 거밖에 없어서."

"누런 게 뭐 못 먹을 거라도 돼? 너 그런 거 창피해하면 안 되는 거야. 자존심이 있어야지!"

나는 초연한 척 동생을 나무랐다. 햄이 빠진 도시락이 부끄러워 혼자 먹었으면서. 나는 알록달록한 김밥에 깨소금을 뿌린 도시락이 부러웠다. 그런 애들은 옷도, 표정도 세련되게 알록달록했다. 가늘고 누리끼리한 김밥은 86아시안게임을 코앞에 두고도 바꾸지 못하는 우리 집 흑백 텔레비전처럼 초라했다.

황룡제일슈퍼 냉장고에 들어 있는 햄이 떠올랐다. 아빠가 다치기 전 엄마가 도시락 반찬으로 몇 번 넣어 준 햄. 햄에선 주인아저씨 냄새가 났다. 콜라 공장 사무실에서 일하는 주인아저씨가 양복을 입고 지나갈 때 나는, 남자 화장품과 향수가 섞인 냄새.

"야, 햄 쏘세지 그딴 거 부러워하지 말라니까! 그거 다 방부제랑 색소 넣은 거야."

"진짜?"

"엄마가 그랬어. 몸에 안 좋은 거라고."

나도 모르게 입에 침이 고였다. 햄을 지글지글 구워 먹고 싶었다. 주인아저씨네 집에선 햄 냄새가 자주 나는데도 아무도 아프지 않았다. 우리 아빠처럼 개천에 빠지거나 다니는 회사에서 잘리지도 않았다. 팔다 남으면 덤으로 줘 버릴 수밖에 없는 부산물처럼, 아빠는 내일 어떻게 될지 모르는 사람이었다.

"누나, 햄 좋은 거 같은데? 점포에 매달린 고기 봐. 그거 다 햄처럼 빨개."

"얘는, 내 말이 맞다니까 그러네. 햄이랑 쏘세지는 부산물 시장에서도 안 팔려서 공장에 보내는 걸로 만든 거야. 제일 좋은 건 점포, 그다음이 도살장, 맨 마지막이 공장이라고."

나는 비계 포대랑 소가죽이 트럭에 실려 가던 걸 떠올리며, 내 짐작이 사실인 것처럼 말했다.

"으, 추워."

바람이 갑자기 산 쪽에서 세게 불어왔다. 나는 어깨를 움츠리고 손바닥으로 팔뚝을 감쌌다. 성당 쪽 골목에서 한 무리의 아이들이 떼를 지어 나왔다. 용비봉까지 뻗은 길 위에는 어느새 오십 명도 넘는 첫꽃 행렬이 만들어졌다. 나는 순간 우리 모두가 가는 데가 동네 뒷산이 아니라, 아주 낯설고 먼 곳인 것만 같은 느낌에 사로잡혔다. 피리 부는 사나이가 온 동네 아이들을 홀린 것처럼, 아카시아꽃이 우리를 이 세상 한 꺼풀 뒤에 있는 이상한 나라로 데려가는 것만 같았다.

길은 점점 많은 아이들로 채워지고, 용비봉 산등성이는 부쩍 밝아지고 있었다. 골목은 아직 어둑어둑했지만 조심스레 발걸음을 내딛거나 넘어지는 아이는 없었다. 나랑 수길도 마찬가지였다. 그 길은 모두에게 익숙한, 등굣길이었기 때문이다.

삼 년 전 개교한 우리 학교, 신용비국민학교는 용비봉 북쪽 자락, 새끼 용비봉을 깎아 만든 자리에 세워졌다. 나는 용비봉에서 놀면서 산봉우리가 없어지고 학교가 들어서는 걸 구경했다. 신용비국민학교가 맑은 공기나 조용한 학습 환경 때문에 산에 세워진 건 아니었다. 동네에 다세대주택이 빼곡히 들어서서 이삿짐 트럭과 함께 수많은 아이들이 몰려들었을 때 이미 학교를 지을 땅이 남아 있지 않은 탓이었다.

나는 3학년이 되던 해, 신용비국민학교로 전학을

했다. '신규 학교 자동 전학'이라는 거였다. 사는 곳은 그대로인데 전학을 하니까 이상했다. 새 학교는 빵 공장 위쪽 용비국민학교보다 가까웠다. 하지만 등교 시간은 마찬가지였다. 경사진 진입로를 십 분쯤 걸어 올라가야 했기 때문이었다.

나는 놀이터처럼 드나들던 뒷산으로 등교하는 게 재미있었다. 하교할 때 팔을 쫙 벌리고 함성을 지르면서 내리막을 달리는 것도 즐거웠다. 하지만 어른들은 별로 재미가 없는 것 같았다. 교장 선생님은 개교 기념식 때 '양해의 말씀'을 반복했다. 스피커가 시간 차를 두고 울렸다. 양해의 말씀은 도막도막 끊어진 채 반복해서 들렸다.

"친애하는 신용비국민학교 학부모님 여러분, 학부모님 여러부운. 학교가 너무 높은 곳에 있어서, 높은 곳에 있어서어, 죄송합니다, 죄송합니다아."

교장 선생님은 반공 연사 같은 말투로 고개까지 숙여 가며 사과를 했다.

"서울시가 구할 수 있는 땅은, 구할 수 있는 땅으은, 이 산뿐이었습니다아."

교장 선생님은 고개를 계속 끄덕거리며 말을 했다.

처음에는 턱을 치켜들면서 말끝을 올렸다가 두 번째는 턱을 내리면서 말끝을 내렸다. 턱을 내릴 때면 퉁퉁한 턱살이 도드라지는 게, 꼭 얼굴에다 막창을 붙여 놓은 것 같았다.

"귀한 자녀들을, 자녀들으을, 힘들게 해서 송구스럽습니다, 송구스럽습니다아."

나는 돼지 막창 생각이 나서 교장 선생님 말씀을 제대로 들을 수가 없었다. 곱이 지글지글 끓을 때까지 연탄불에 뒤집어 가며 익힌 다음에 소금을 찍어 먹으면, 누릿하고 고소한 막창 맛을 고스란히 느낄 수 있었다.

"운동장이 작은 것도, 작은 것도오, 죄송합니다, 죄송합니다아."

난 교장 선생님이 왜 그렇게 미안해하는지 이해가 되지 않았다. 나에겐 뻔질나게 드나들던 산길이 널찍한 포장도로로 바뀌었을 따름이었다. 학교 운동장이 좀 좁긴 하지만 골목보다는 훨씬 넓었다. 게다가 산이랑 학교 사이에 난 조그만 철문만 넘으면 바로 아카시아 숲이었다. 숲을 지나면 용비봉 정상에 오르는 산길, 약수터로 내려가는 길, 망태 할아버지들 움막

길, 이렇게 세 갈래로 갈라지는데, 그 사이사이엔 놀기 좋은 곳이 아주 많았다.

"우리 학교 교문을 열고 운동장을, 교문을 열고 운동장을, 대각선으로 이으면 60미터가 됩니다. 60미터가 됩니다."

교장 선생님은 100미터 달리기 기록을 어떻게 환산할 건지 자세히 설명했다. 하지만 나는 자꾸 막창이 떠올라서 교장 선생님 턱살을 더 이상 볼 수가 없었다. 나는 바닥을 내려다보다가 발끝으로 연탄을 그렸다. 그리고 그 위에 두툼한 막창을 그렸다.

그다음에도 60미터 달리기를 할 때면 교장 선생님 턱살이랑 막창 생각이 자동으로 떠올랐다. 턱살이 두툼한 교장 선생님이 퇴직을 하고, 턱살이 소창 굵기 정도밖에 되지 않는 교장 선생님으로 바뀐 다음에도 마찬가지였다. 막창 생각은 그림자처럼 달리기에 딱 붙어서 도무지 떨칠 수가 없었다. 한번은 달리기를 하다가 입에 고인 침을 제때 삼키지 못해 턱으로 주르륵 흘러내리기도 했다.

나는 산속 우리 학교가 좋았다. 전에 다니던 용비국민학교처럼 쇠 자르는 소리나 화물차 소음이 들리지 않는 게 제일로 맘에 들었다. 숲에 바람이 불면 잎과 가지가 몸을 부비는 소리가 산 위로 회오리처럼 말려 올라왔다. 새 학교에선 매연 때문에 실내화가 금세 검어지거나 목이 따가워지지도 않았다. 초여름이면 숲에서 뿜어져 나오는 아카시아 향이 학교를 가득 채우고, 용비봉 첫눈도 실컷 구경할 수 있었다.

학교 진입로를 한 번에 오르지 못하고 쉬어 가는 사람들은 선생님들이었다. 아카시아꽃이 피기 시작하면 멍하니 앉아서 관자놀이를 누르고 있는 사람도. 아이들은 아카시아 향이 최고로 진한 날도 곱셈, 나눗셈, 큰 소리로 책 읽기 같은 걸 평소와 다름없이 해냈다.

"누나, 용비봉 가서 아카샤…… 하…….."

나는 수길이 말을 제대로 들을 수가 없었다. 용비봉 가까이 갈수록 아이들이 많아지더니, 이내 시장 골목처럼 시끌시끌해졌기 때문이다.

"뭐?"

"용비봉 가서 아카샤 가위 하고 놀자고."

"으응, 아카샤 가위."

우리 동네에선 아카시아 잎을 들고 가위바위보 하는 걸 '아카샤 가위'라고 불렀다. 놀이 방법은 두 가지였다. 이길 때마다 잎을 하나씩 따는 것, 그리고 질 때마다 하나씩 따는 것. 단순하기 짝이 없는 그 놀이를 수길은 물릴 줄도 모르고 되풀이했다.

"누나, 용비봉 가서 나랑 아카샤 가위 꼭 하자."

"첫꽃부터 먹고."

나는 아카샤 가위가 재미없었다. 6학년이 그렇게 유치한 거 한다고, 누가 흉볼 것 같기도 했다.

"꽃 먹고 바로 하는 거다. 그럼 내가 꽃 많이 따 줄게."

"자기 꽃은 자기가 따는 거야."

"누나는 자꾸 손 다치잖아."

"그래도."

수길은 가시에 찔리지 않고 아카시아꽃을 따는 재주가 있었다. 극성스럽게 휘어진 맹아지에 손목이 감기지 않게 잎도 잘 땄다. 아카시아꽃과 잎은 지천이었다. 아카시아는 엄마 아빠가 일터에서 돌아오지 않는 긴 오후처럼 넉넉했다.

"누나, 난 오늘부터 만날 산에 갈 거야."

수길은 아카시아 숲을 유달리 좋아했다. 아카시아 꽃이 질 때까지 거의 날마다 수백 송이를 따 먹었다. 아카시아 나무가 정말 꽃 속에 강인한 기운을 숨겨두었다면, 수길은 황룡동에서 가장 강인한 어른으로 자랄 게 분명했다.

"수길아, 너는 아카시아처럼 강한 사람이 될 거야. 황룡동에서 니가 제일로 그럴 거야."

나는 중학생처럼 의젓하게 말했다.

"누나, 그럼 나는 맛있어지겠다."

"야, 사람이 어떻게 맛있어져."

"아니야, 맛있게 생긴 사람이 있어. 나는 아카시아처럼 맛있어져야지."

수길은 '맛없게 생겼다'랑 '맛있게 생겼다'는 표현을 자주 했다. 먹는 데만 쓰는 게 아니라 사람, 나무, 집, 이불처럼 먹을 수 없는 데도 썼다. 아빠는 그 말이 재밌다고 입에 든 밥알을 튀기며 웃기도 했다. 하지만 나는 수길이 그렇게 이상한 표현을 하는 게 싫었다. 특히 사람 생김새 가지고 말을 할 때면, 수길의 장래희망이 도살장 카우보이란 게 떠올라, 차가운 물에 담긴 것처럼 가슴이 찌르르했다.

"너 도살, 아니 식인종이야? 그런 말 쓰지 마."

"맛있다는 게 나쁜 말이야?"

"그, 그러니까……."

나는 아주 오랜만에, 수길이 앞에서 말을 더듬었다.

"왜?"

"그러니까…… 너 그, 그 얘기 아무한테도 하지 마. 도, 도살장 카우보이 된다는 얘기도."

"벌써 했는데?"

"뭐? 누구한테?"

"내 짝 김현미한테."

"야, 김현미가 뭐라고 안 해?"

"안 해. 현미는 카우보이 좋아한대. 걔는 글쎄 도살장에 카우보이 사는 줄도 몰랐대."

"후우."

자꾸 한숨이 나왔다. 아빠가 한 거짓말을 다른 애들한테 늘어놓았다가 놀림을 받을까 봐 걱정이 되었다. 도대체 어디서부터 어떻게 말을 해야 할지…….

"아얏!"

나는 생각에 잠겨 느리게 걷다가 그만 누군가의 발

을 밟았다. 돌아보니 내 또래로 보이는 여자애였다.

"미, 미, 미 미안합니다."

나는 고개를 숙여 사과했다. 여자애는 샐쭉한 표정으로 나를 흘겨보고는 앞질러 갔다. 여자애는 발을 밟힌 것보다 말을 더듬은 나를 더 불쾌해하는 것 같았다. 나도 모르게 어깨가 잔뜩 움츠러들었다.

"누나, 왜 존댓말 해? 누나가 6학년인데."

"……"

"첫꽃날 중학생은 거의 없잖아. 방금 그 누나는 5학년밖에 안 된 것 같던데?"

걸음을 멈추고 동생에게 할 말을 생각했다. 바삐 산 밑으로 가려는 아이들이 내 어깨를 툭툭 치고 지나갔다.

"수길아, 그러니까……"

입술을 달싹이며 고개를 들었을 때, 수길은 이미 내 앞에 없었다. 저만치 앞에서 제 친구와 떠들고 있는 동생 뒷모습이 보였다.

'혹시 중학생일지도 모르잖아. 정구 오빠도 아직 가는데……'

나는 하려던 말을 꾹 삼켰다.

"누나, 잃어 먹은 줄 알았어."

수길이 아이들 사이를 헤집고 나에게 다가왔다.

"야, '잃어버린'이라고 해야지."

"그래, 누나 똑똑해. 누나 똥 굵어."

수길이 내 오른손을 꼭 잡았다. 동쪽 하늘이 부쩍 환해지면서 산등성이는 이제 초록빛으로 보였다. 그리고 학교 진입로 옆, 용비봉 입구에 걸린 현수막이 눈에 들어왔다.

경축! 황룡구민 체육 센터 착공
뉴서울아파트 신축 부지

나는 숲이 없어지는 걸 반대하는 현수막이 있나 이리저리 둘러보았다. 도살장은 '황룡본동 상우회'에서 이전 반대를 하니까, 아카시아 숲은 '황룡1동 아카시아 꿀 협회' 같은 데서 반대할 수도 있을 것 같았다. 하지만 환하게 밝아 오는 산 아랫길에 현수막은 달랑 두 장뿐이었다.

숲이 없어지면 벌치기 아저씨들은 뭐 하지? 망태 할아버지들은? 용비봉은 그들에게 집이나 마찬가지였다. 할아버지들은 망태기를 짊어지고 용비봉 곳곳에 버려진 소주병과 고물을 주워다 팔았다. 벌치기 아저씨들은 아카시아꽃이 지면 용비봉 꼭대기에 올라 꿀 대신 음료수랑 칡즙을 팔았다. 몸이 약한 정호 엄마가 약수터에 자리 잡도록 도운 것도 그들이었다. 겨울이 되면 벌치기 아저씨들은 학교 앞에서 뽑기 장사를 했다. 추석을 앞두곤 솔잎을 따서 팔았다. 복날에는 개를 대신 잡아 주고 돈을 받기도 했다.

"상숙이 누나다."

수길이 검지로 왼쪽 골목을 가리키며 말했다. 열 걸음쯤 앞에 있는 대문으로 상숙이 나오고 있었다. 상숙이네는 세를 살 때도 담이 있는 집에 살아서 부러웠는데, 이제 집을 사서 현관문에 대문까지 있었다.

"어, 상희 누나도."

상숙 뒤로 상희 언니가 나왔다. 언니는 중학교 3학년인데도 상숙보다 작았다. 언니 몸을 보면 국민학교 5학년 같은데, 얼굴은 고등학교 3학년만큼 피곤해 보였다. 우리 언니는 첫꽃을 안 먹어. 선짓국도 안 먹고 순대도 안 먹어. 4학년 때부터 그런 거 먹으면 토했거

든. 그때부터 키가 안 크는 거야. 엄마가 알면 혼날까
봐 언니 첫꽃 먹는 거 봤다고 내가 거짓말 쳐. 우리 언
니는 아직 생리도 안 한다. 브래지어 속에는 휴지 넣
어. 상숙은 비밀이라고 손가락까지 걸면서 상희 언니
얘기를 들려주곤 했다.

"상숙이 누나, 안녕?"

수길이 인사를 했다.

"으음."

상숙은 못 이기는 척 인사를 받고는 고개를 돌렸
다. 나 때문에 불우 이웃 돕기 성금을 못 낸 다음부
터 상숙은 나랑 눈을 맞추지 않으려고 했다. 다음 날
내가 삼백 원을 갖다 주고 사과를 했는데도 화를 풀
지 않았다.

상숙은 알고 보면 불우 이웃이 아니었다. 상숙이
아빠는 돼지머리 삶는 기술자였다. 상숙이 아빠 손
을 거치면 갖가지 기괴한 표정을 짓고 죽은 돼지머리
가 길상으로 변했다. 돼지를 종일 삶으면 폐 속까지
냄새가 박히나 봐. 나도 부산물 시장서 일하지만, 상
숙이 엄마 아빠랑 한방에 있으면 고기 비린내가 영
거슬려. 속이 메슥거린다니까. 그 집은 벽지에도 도

살장 냄새가 밴 거 같아. 엄마는 되도록 상숙이네 집 안으로 들어가지 않으려고 했다. 나는 그래도 상숙이 부러웠다. 상숙에게 불우한 게 있다면 불우해 보이는 인상, 그리고 몸에 밴 피비린내였다.

"누나, 요새 우리 집에 왜 안 놀러 와?"

수길이 상숙에게 바짝 다가가 물었다.

"바빠서."

상숙은 요즘 정말 바빴다. 영미 패거리에 들어가서 이리저리 몰려다니느라 그랬다. 영미는 짐작과 달리 내가 거짓말쟁이에다 선지를 받아다 먹는 애라고 소 문을 내지 않았다. 대신 상숙을 제 패거리에 끼워 넣 으면서 나를 외톨이로 만들어 버렸다. 상숙은 불우 이웃 돕기 성금을 못 내도, 몸에서 도살장 냄새가 나 도, 더 이상 불우 이웃으로 뽑히지 않았다. 가정환경 조사서 주택 상황에서 '자가(自家)'에 동그라미를 치 게 되었기 때문이었다.

나는 문득 상숙이 엄마가 이제는 최 씨에게서 칼 을 가는지 궁금해졌다. 상숙과 어깨동무까지 하고 다니는 단짝 친구가 되었으니 영미 아빠인 최 씨를 피하는 것도 이상하고, 백정 딸이라고 놀렸던 걸 뻔히 알면서 최 씨한테 일감을 맡기는 것도 이상한 모양새였다.

"상숙이 누나, 왜 바빠? 주산 학원 다니나?"

"아니."

"그럼 아줌마 장사 도와 드려?"

"아니. 우리 엄마는 그런 거 안 시켜. 선지 사 오는 심부름도 난 안 하거든."

상숙은 쏘아붙이듯 말하고는 고개를 홱 돌렸다. 나는 움찔했다. 상숙과 나 사이엔 보이지 않는 블록 벽이 놓인 것 같았다. 나만 백정 딸 자리에 남겨지고, 상숙은 영미와 나란히 전자계산기를 두드리는 아저 씨 딸로 거듭나 버린 듯했다. 상숙은 상희 언니를 앞 질러 성큼성큼 숲 쪽으로 걸었다. 나는 점점 멀어져 가는 상숙의 뒷모습을 가만히 보았다. 그 애의 뒷모 습은 어딘가 막막해 보였다.

"상희 누나, 오랜만이야."

수길이 상희 언니 옆으로 바짝 붙어 걸으면서 웃 어 보였다.

"음."

언니가 수길의 머리를 쓰다듬어 주었다. 상숙 없이

우리 남매가 상희 언니와 있는 건 아주 오랜만이라, 정구 오빠가 "과아수우원." 하고 불러 줄 때처럼 가슴이 설렜다. 나도 수길처럼 상희 언니 옆에 바짝 붙어 걷고 싶었지만 상숙이 나에 대해서 나쁜 말을 했을까 봐, 언니에게서 서너 발짝 떨어져 걸었다.

"수원아, 일루 와."

상희 언니가 뒤를 돌아보며 손을 뻗었다. 나는 잠시 망설이다가 얼른 언니 팔을 잡았다. 언니 키는 나보다 한 뼘쯤 작았다.

'옛날에 언니가 나한테 순대 많이 줬는데.'

아줌마가 족발이나 순대를 도시락에 썰어 두고 나가면, 상희 언니는 몰래 우리 집에 갖다 주곤 했다. 그게 자라는 데 꼭 필요한 건 줄 모르고 나는 주는 대로 받아먹었다.

"상희 언니, 잘 지냈어?"

"응, 너는?"

언니는 나를 올려다보고 빙긋 웃었다. 착한 상희 언니가 세상 끝에 서 있는 것만 같았다. 언니 몫의 순대를 내가 다 먹고 혼자 커 버린 것 같아서 미안했다. 내 키, 내 힘을 언니한테 나눠 줄 순 없을까……. 나에겐 너무 많고, 언니에겐 너무 적은 것들을 생각하는 동안 가슴이 먹먹했다.

"수원아, 괜찮아."

"으응?"

나는 마음을 들킨 것 같아 움찔했다.

"상숙이 저러다 말 거야. 나한테 그러더라. 영미랑 친해지니까 영미가 자길 놀리지 않아서 좋다고. 그래서 너한테 민망하고 미안하대."

"정말?"

"그래. 내 생각에는 이제 좀 지나면 영미랑 깨져."

"왜?"

"영미가 우리 상숙이랑 진짜 친구가 될 것 같아? 진심이 없는 관계가 얼마나 가겠어."

상희 언니가 내 손을 꼭 잡았다. 손아귀 힘만큼은 초등학교 5학년 같지 않았다.

"누나, 용비봉 가서 아카샤 가위 꼭 하자."

수길이 끼어들었다.

"그래. 그럼 나는 이쪽으로 올라갈게. 둘이 가."

언니가 나랑 잡은 손을 놓고는 솜틀집 위로 뻗은, 좁고 후미진 산길을 가리켰다. 그 길은 조금 험한 대신 한적했다. 언니를 붙잡고 싶은 마음과 그만 보내고 싶은 마음이 동시에 일었다. 조그만 언니, 속 깊은 애기를 툭 던져 버린 언니가 불편했기 때문이다.

"상희 누나, 안녕."

수길이 꼭 아빠처럼 휘적휘적 손을 흔들었다. 조그만 언니는 뒷모습도 조그맸다. 하지만 상숙의 뒷모습처럼 막막해 보이지도 않았다. 언니는 꼿꼿했다. 산에 오르는 이유를 그 누구보다 분명히 알고 있는 사람 같았다.

'언니는 용비봉에서 도대체 뭘 하지?'

나는 아카시아꽃을 먹으면 토하는 언니가 첫꽃날 산에서 무얼 하며 시간을 보낼까 궁금해졌다.

지난겨울 산에서 상희 언니를 본 적이 있다. 상희 언니는 마른 개울을 따라 참나무 군락 깊숙이 들어갔다. 나는 낙엽이 없는 곳을 골라 디디며 몰래 언니 뒤를 쫓았다. 언니는 참나무가 빼곡한 곳으로 들어가더니 주위를 살폈다. 나는 숨을 죽이고 큰 나무 뒤에 바짝 붙어 서 있었다.

나무 옆으로 고개를 살짝 빼고 상희 언니를 유심히 바라보았다. 언니는 신발을 벗어서 가지런히 나무 밑에 내려놓았다. 그러고는 잽싸게 나무를 탔다. 언니는 순식간에 나무 꼭대기로 올라갔다. 그러고는 손차양을 만들어서 아카시아 숲 쪽을 내려다보았다. 저아래쪽 마을이랑 북쪽에 있는 학교, 도살장 그리고 그 너머 다른 마을까지 휘둘러보는 것 같았다.

바람 소리가 조용한 참나무 군락으로 퍼졌다. 하지만 말라붙은 참나무 잎은 미동도 하지 않았다. 나는 바람 소리에 귀를 기울이며 상희 언니를 올려다보았다. 언니는 입 끝을 둥글게 모아 앞으로 내밀고 휘파람을 불고 있었다. 휘유웅, 휘유웅. 언니 휘파람은 바람 소리를 닮아 있었다. 휘유우웅, 휘유우웅. 크고 높고 따뜻한 소리였다. 믿을 수가 없었다. 언니가 나무에 매달려 저렇게 크게 휘파람을 불 수 있다니. 언니는 작은 다람쥐처럼 날렵하게 나무를 타고 내려오면서 마른 잎들을 뜯어냈다.

"누나, 이제 다 왔어."

"그래. 더는 앞으로 못 가겠다."

"애들 되게 많다."

"작년보다 더 많은 것 같아."

용비봉 입구에는 아이들 수백 명이 다닥다닥 붙어 있었다. 우리 힘으로 무리를 헤치고 앞으로 나가기 어려울 것 같았다. 불그스름한 기운이 산등성이에 퍼지면서, 산 아래쪽에 남아 있던 어둠이 걷혔다. 나는 고개를 꺾어 들고 숲을 올려다보았다. 눈앞에 현수막을 보면서도 숲이 사라질 수 있다는 게 믿기지 않았다.

"해 뜬다!"

무리 앞쪽에서 누군가가 소리를 질렀다.

"와아!"

아이들은 함성을 지르며 산으로 뛰어들기 시작했다.

"누나, 얼른 올라가자."

수길이 내 팔을 잡아당겼다.

"괜찮아. 아카시아꽃은 많아."

나는 한 발짝 뒤로 물러났다. 산에 바로 올라가 버리면 첫꽃날 산을 점령한 아이들 모습을 볼 수 없기 때문이다. 아이들은 함성을 지르며 개미 떼처럼 산을 올랐다. 땅이 울리고 내 몸이 울렸다. 함성 때문인지, 수백 명이 발로 만들어 낸 울림인지, 아니면 첫꽃날이 가진 신성한 기운 때문인지 분간할 수 없었다.

"누우나, 빨리."

"괜찮다니까. 조금만 기다려."

나는 수길의 손을 꼭 잡았다. 아침 햇살이 아카시아 숲을 비췄다. 숲은 잔물결 이는 강가처럼 반짝이며 너울댔다. 발을 구르며 산을 오르는 아이들이 햄을 넣은 김밥처럼 알록달록하게 산을 수놓고 있었다. 황룡동은 이산가족 놀이에서 그리던 진미리네 식탁처럼 풍성했다.

"수길아, 어때 보여?"

"뭐가?"

"산."

"맛있을 거 같아."

수길이 입맛을 쩝쩝 다셨다. 나는 이제 다시는 볼 수 없을 첫꽃날 아카시아 숲을 마음에 새겼다. 문득 텔레비전에서 본 철새 떼가 떠올랐다. 따듯한 남쪽 나라를 찾아가 양지바른 숲에 깃든 철새 떼처럼, 수백의 아이들이 너울너울 날갯짓하는 것 같았다. 숲 밖에서 바라본 첫꽃날은 웅장하고도 찬란했다.

늦게 도착한 아이들이 산으로 뛰어올랐다. 나는 숲

입구에 앉아 있던, 머리에 쪽진 할머니랑 시선이 마주쳤다.

"애, 너 몇 살이니?"

할머니가 나에게 물었다.

"열, 열세 살이요."

"그래? 넌 다 자라서 안 먹어도 되겠다."

"아, 아니에요. 저 아직 그, 그거 안 해요."

"아직 계집 구실 못한다고?"

"예."

할머니가 끄응 하고 일어나더니 지팡이를 짚고 나에게 다가왔다. 그러고는 내 얼굴을 빤히 들여다보았다.

"어린애 같기도 하고, 인생 다 살아 본 애 같기도 하고. 참 특이하게 생겼다."

나는 얼른 고개를 돌려 시선을 피했다.

"할머니, 우리 누나는 천하장사 강장군이에요. 공부도 일 등이에요."

수길이 할머니와 내 어깨를 잡고는 끼어들었다.

"그래. 첫꽃 많이 먹고 공부 더 잘해라."

"예."

수길이 우렁차게 대답했다.

"누나, 얼른 올라가자. 저 위로 해가 조금 떴어."

나는 고개를 끄덕이고 어깨를 쫙 폈다. 그러고는 오른쪽 팔을 번쩍 들고 함성을 외쳤다.

"와아!"

"누나 목소리 장군 같아."

수길이 박수를 치며 좋아라 했다.

"와아!"

이번엔 더 크게 외쳤다.

"와아!"

수길이 따라 했다. 그러자 머리에 까치집을 진 채 우리 주위를 얼쩡대던 아이가 똑같은 소리를 냈다.

"와아!"

용비봉 아래 모여든 아이들 몇이 내 뒤로 줄을 섰다.

"자, 따라와. 우리 누나는 천하장사 강장군이야. 운동회 할 때 장대도 우리 누나가 들었다고."

수길이 옆구리를 손으로 짚고 서서 으스댔다.

피식 웃음이 나왔다. 그리고 산 아래에다 마음속 들통을 가만히 내려놓을 수 있을 것 같았다. 나를 누

르던 모든 것이 너울너울 떠나고 첫꽃날의 설렘만 남
았다.

"와아! 와아!"

나는 아카시아 숲을 향해 달렸다.

"와아! 와아!"

"으악!"

"만세!"

"청군 이겨라!"

"화이팅!"

"야호!"

내 뒤를 따르는 아이들 입에서 별의별 구호가 터져
나왔다. 천하장사 강장군을 따르는 군사들은 오합지
졸이었다. 산길을 쿵쿵 울리는 우리들 발소리와 함성
이 해 뜨는 황룡동으로 퍼져 나갔다.

/

4
산

/

언니는 참나무 둥치에 손바닥을 가만히 대며 말했다.

참나무는 떨켜가 없어.

그래서 누군가 말라죽은 잎을 뜯어 주지 않으면,

봄이 와 새싹이 밀어낼 때까지 그 잎을 매달고 있어.

/

"누나 어디까지 가? 나 배고픈데."

"조금만 더."

나는 산 중턱을 향해 올라갔다. 산 아래쪽은 먼저 올라온 애들이 차지하고 있어서 성한 나무를 제대로 먹을 수가 없었다. 첫꽃날은 성황이었다. 학교에서 가르쳐 주지도 않은 걸 새로 이사 온 아이들도 금세 알고 왔다.

선생님들은 첫꽃날에 대해 잘 몰랐다. 5학년 때 담임은 일기장 검사를 하다 첫꽃날을 처음 알게 된 눈치였다. 담임은 아이들 여럿에게 꼬치꼬치 묻더니 굳은 표정으로 입을 열었다.

"애들아, 저 산에 널린 나무는 아카시아가 아니야, 아까시지."

'아까시?'

담임은 뭔가 잘못 알고 있는 것 같았다. '아까시'는 담임이 싫어하는 일본 말 같기도 하고, 사투리 같기도 했다.

 "일본 사람들이 우리 토종 나무를 죽이려고 들여온 게 아까시야. 무서운 번식력으로 숲을 장악해서, 순한 토종 나무를 못 크게 만들지. 산에 뿌리박힌 암적 존재라고 할 수 있어."

 담임이 잘못 알고 있는 게 분명해졌다. 용비봉 아카시아 나무는 삼십 년도 안 된, 그러니까 일본 사람들이 물러가고 십 년도 더 지나서 심은 거였다. 육이오전쟁이 끝나고 한동안 헐벗은 산이었다가 조림 사업으로 푸르게 되었다는 걸 '우리 고장 배우기' 수업 시간에 배웠다.

 '선생님, 그게 아니라요…… 저건 분명히…….'

 하고 싶은 말들이 목까지 치고 올라왔다. 착한 친구가 억울한 누명을 쓴 것처럼 안타까웠다.

 "선생님!"

 그때 정호가 손을 번쩍 들었다.

 "선생님, 용비봉에 있는 건 아카시아 나무입니다. 우리 고장 배우기 시간에도 아카시아 나무라고 배웠습니다."

 정호 목소리는 우렁찼다. 그리고 힘이 있었다.

"김정호, 내가 제대로 모르는 얘기나 할 사람으로 보이나?"

담임이 정호를 쏘아보았다.

'정호가 울어 버리면 어떡하지?'

나는 정호 옆모습을 곁눈질했다.

"하지만 아카시아는 그렇지 않습니다. 진달래랑 나란히 잘 크거든요. 용비봉에 가 보면 봄엔 진달래나무에서 꽃이 잔뜩 피고, 초여름엔 바로 옆 아카시아나무에서 꽃이 잔뜩 핍니다. 아카시아 나무는 착합니다. 사람들한테 시원한 그늘과 맛있는 꿀을 줍니다. 그 꿀로 꿀차를 만들면 아주 맛있습니다."

정호는 울지 않았다. 목소리는 여전히 우렁찼다.

"김정호, 쉬는 시간 끝나고 보자. 자료실에서 식물도감을 찾아다 보여 줄 테니."

담임은 저벅저벅 문 쪽으로 걸어가더니 신경질적으로 문을 밀고 나갔다. 교실은 쥐 죽은 듯 조용하다가 자리에서 일어나는 아이들로 조금씩 시끄러워졌다.

잠시 후 담임은 식물도감을 들고 굳은 얼굴로 돌아왔다. 아까와는 달리 굳은 얼굴 너머에 승리의 기쁨

같은 게 느껴졌다.

'아까시나무가 맞구나.'

가슴이 툭 내려앉았다. 담임은 의기양양해지고, 정호는 참혹해질 것이었다.

"김정호, 보이나? 아까시나무. 콩과의 낙엽교목. 잎이 지는 큰키나무로 5, 6월에 향기가 강한 흰 꽃이 핀다."

담임은 정호 얼굴 가까이 아까시나무 사진을 가져다 댔다.

"김정호, 여기 읽어 봐."

정호가 뚫어지게 사진을 봤다. 손이 부들부들 떨리는 게 내 자리에서도 보였다.

"김정호 어서 읽어. 너 한글 몰라?"

"열대지방이 원산인 아카시아와는…… 다르다."

정호가 고개를 떨어뜨렸다. 담임은 그제야 식물도감을 치웠다.

"자 여기서부터 돌아가면서 봐라. 다 본 사람은 뒤로 보내고, 맨 뒤 사람은 옆으로 넘기고."

담임 입꼬리가 슬쩍 올라갔다.

"저 용비봉 아까시처럼 너희들 머릿속에 아까시

에 대한 생각도 무섭게 뿌리박혀 있다는 걸, 김정호를 통해 알게 됐다. 아까시에 대한 생각을 바꿔라. 우리에게 남은 일본 말의 잔재처럼 아까시를 다 뽑아야 한다."

나는 담임이 틈날 때마다 지적하는, 일본 말의 잔재를 떠올렸다. 삼뿌라치, 다꽝, 다마네기, 와리바시, 빤쓰, 쓰레빠, 간소메, 빠께스, 미싱, 야매……. 일본 말의 잔재를 없애는 건 힘든 일이었다. 집이나 동네에서 흔히들 쓰는, 그냥 말이었기 때문이다. 아이들은 일본 말의 잔재를 무심코 일기에 적었다가 담임에게 혼쭐이 나곤 했다.

"아까시처럼 살아 보겠다고 새벽부터 그걸 먹으러 산에 올라간단 말이지. 참 어리석은 미신이구나. 아, 이 슬픈 식민지의 잔재."

담임은 눈을 내리깔며 혀를 찼다. 나는 고개를 돌려 아카시아 숲을 바라보았다. 우리 동네 애들은 아카시아꽃을 먹고 자랐고, 어른들은 술을 담가 먹었다. 내가 학교 들어가기 전부터 먹은 아카시아꽃을 다 합치면 들통 열 개를 채우고도 남을 것이었다. 슬펐다. 첫꽃날이 어리석은 미신이라니, 아카시아 나무

는 뿌리 뽑아야 할 나쁜 것이라니……. 나, 우리 식
구, 정호, 정호네 꿀차…… 우리 동네 전부가 보잘것
없게 느껴졌다. 첫꽃날이 어리석은 미신이라면 그걸
여태껏 지켜 온 우리들 모두 어리석은 사람이란 얘
기였다.

"잊지 마라. 아카시아가 아니라 아까시라는 걸!"

담임은 검지로 용비봉을 찌를 듯 가리키며 외쳤
다.

"……네."

아이들 몇이 대답을 했다.

"김정호도 대답했나?"

담임이 다시 정호를 노려보았다.

"……."

"김정호, 너한테 대답했냐고 물었다."

"……."

나는 정호가 있는 쪽을 볼 수도 없었다. 울음이 들
리지 않기를 간절히 빌 뿐이었다.

"선생님!"

정호가 벌떡 일어났다. 나는 그제야 고개를 돌려
정호를 보았다. 울고 난 것 같지 않았다. 정호는 꼿

꽂했다.

"제가 잘못 알았습니다. 그런데 진달래랑 사이좋게 함께 자라는 건 맞습니다. 제가 함께 자라는 데를 보여 드리고 싶습니다."

"아까시 숲에는 발도 들여놓기 싫다. 김정호, 너 때문에 산수 시간을 십 분이나 까먹었다. 이제 그만 떠들고 수업 시작하자."

담임은 산수 교과서를 집어 들었다. 정호는 조용히 자리에 앉았다. 떠든 건 정호가 아니라 담임이었다.

'아.'

정호는 용감했다. 우리 반에서, 아니 우리 동네에서, 어쩌면 이 세상에서 제일로 용감한 어린이였다.

'정호야, 멋있었어.'

그 말을 해 주고 싶어 쉬는 시간에 몇 번이나 엉덩이를 들썩거렸다. 하지만 나는 정호 곁으로 가지 못했다. 함께 첫꽃을 먹고 크는 아이들 중 누구도, 아카시아 나무 편을 들어 준 정호에게 아무 말도 하지 못했다.

'담임이 정호를 괴롭히면 어떡하지?'

자꾸만 걱정이 되었다. 하지만 담임은 정호를 괴롭

히지 않았다. 외려 관심이 없었다. 담임이 관심을 두
는 것은 잘못된 상식을 바로잡는 것, 일본어의 잔재
를 뿌리 뽑는 것, 아름다운 전통문화와 독립운동의
역사 같은 것이었다. 나는 왜 화전놀이는 아름다운
문화고, 첫꽃날은 없애야 할 악습인지 받아들일 수
가 없었다. 나는 5학년이 끝날 때까지 일기장에 용비
봉 얘기를 피했다. 도살장, 선짓국, 허드렛일하는 엄
마, 공단에서 일하는 아빠, 개천에 빠진 아빠, 너무
큰 키, 말더듬…… 그 무엇도 담지 않았다.

"우와. 첫꽃 냄새 엄청나다."

수길이 콧날에 주름을 잡으며 냄새를 빨아들이는
시늉을 했다.

"수길아. 용비봉 아카시아의 진짜 이름은 아까시
나무래."

"아까시나무?"

"응, 그치만 이름이 뭐든 용비봉 아카시아는 착한
나무야. 아카시아 옆에 진달래나무도 사이좋게 자라
잖아? 아카시아는 힘이 세도 진달래를 괴롭히지 않
아. 봄에 진달래꽃이 탐스럽게 피는 걸 보면 알 수 있

어."

나는 정호가 했던 말들을 하나도 빠뜨리지 않으려고 애쓰며 수길에게 전했다.

'정호 6학년 담임은 안 그럴까?'

정호랑 나는 6학년이 되면서 반이 달라졌다. 개학식 날 운동장에서 나는 정호의 새 담임을 유심히 보았다. 우리 엄마보다 나이가 많아 보이는 여자 선생님이었다. 그날 운동장에 서서 나는 태어나 처음으로 기도라는 걸 해 봤다. 수길이 믿기 시작한 하나님에게 마음속으로 빌었다. 하나님, 어디 계신 분인지 잘 모르겠지만, 아주 많은 걸 하실 수 있다고 들었습니다. 새 선생님이 정호를 슬프게 하지 않으면 좋겠어요. 아까시든 아카시아든 그런 거 잘 몰라도 착한 선생님을 만나게 해 주세요. 기도가 되려면 뭔가 좀 더 있어야 할 것 같았다. 수길이 누군가의 이름으로 기도한다고 했던 것 같았다. 전도사님의 이름으로? 내 이름으로? 정확히 생각이 나지 않았다.

"우와, 계속 사람이 많네. 누나, 첫꽃 먹으러 다른 동네에서도 와?"

"아니야. 요새 전학 온 애들이 많아서 그래."

"맞아. 우리 반도 벌써 전학 온 애가 다섯 명이야."

우리 학교 교실은 해가 갈수록 빼곡해졌다. 책상이 모자라서 며칠씩 책상 없이 의자에만 앉아 있는 전학생도 있었다.

"우리 학교 기네스북에 오를지도 몰라. 서울에서 한 반에 학생 수가 제일 많은 학교가 우리 학교래."

"와, 우리 학교 유명하구나."

우리 학교가 기네스북에 오르면, 나는 벌써 기네스북에 오르는 학교를 두 군데나 다닌 셈이었다. 전에 다니던 용비국민학교는 전 세계에서 학생 수가 제일 많은 학교로 기네스북에 오른 적이 있다.

"나는 유명해지는 거 별루야."

"왜?"

"그냥 좀 그래."

우리 동네엔 방 하나, 부엌 하나로 이루어진 셋방이 많다. 드문드문 남아 있던 빈터에 다세대주택이 들어서면서 인구는 점점 늘어났다. 우리 반만 해도 봄에 전학 온 애들이 네 명이었다. 그중에는 시골에서 농사를 짓다가 황룡공단에 취직한 부모를 따라 올라온 애들이 제일로 많았다.

새로 이사 온 사람들 중에는 황룡공단에서 일하다 자리를 잡고 나면 도살장으로 일터를 옮기는 경우가 종종 있었다. 도살장 일이 황룡공단보다 일당을 많이 받을 수 있어서, 쉬쉬하면서도 알음알음 소개하는 경우가 많았다. 도살장에서 일을 하면 허드레로 널린 선지랑 내장도 실컷 먹을 수 있었다. 도살장에선 황룡공단처럼 폐병으로 일을 그만두는 사람도 없었다.

"누나, 쫌만 가면 된다며."

수길이 숨을 가쁘게 쉬며 물었다.

"짬뽕 숲 아래까지만 가자."

용비봉에서 아카시아 숲이랑 참나무 군락을 제외한 나머지 부분을 '짬뽕 숲'이라고 불렀다. 짬뽕 숲에는 참나무, 소나무, 진달래나무, 귀룽나무, 산벚나무가 섞여서 자랐다. 아카시아 나무도 있었다. 봄이 되면 짬뽕 숲은 진달래 꽃밭이었다. 진달래꽃은 아카시아꽃보단 못하지만 입이 심심할 때 한 주먹 따 먹으면 배 속이 봄바람처럼 살랑살랑해졌다.

"누나, 여기가 진달래꽃 피던 데지?"

"응, 여기 구부정 바위 보믄. 근데 진달래나무가 어떤 건지 모르겠다. 꽃 피었을 땐 단박에 알아볼 수 있는데."

"진짜네. 진달래나무는 봄에만 쫙 나왔다가 다시
땅속으로 들어가나?"

"진달래나무가 무슨 지렁이냐? 다시 땅속으로 들
어가게. 다른 나무랑 짬뽕이 돼서 못 알아보는 거지."

나는 수길의 손을 잡고 구부정 바위 뒤쪽으로 들
어섰다.

"아, 크다."

작년 첫꽃날 찾았던 아카시아 나무는 올해엔 더
꽃이 풍성해진 느낌이었다. 나는 탐스런 아카시아 꽃
차례를 하나 땄다.

'이 나무는 이제 다시 꽃을 못 피우겠다.'

마음이 경건해졌다. 국기에 대한 경례를 할 때보다,
애국가를 부를 때보다 더 그랬다. 나는 어깨를 똑바
로 세우고 잠시 눈을 감았다. 수길의 믿음대로 선지
를 젖처럼 짜내는 거라면, 죽기 전 마지막 선지를 내
어 주는 소 앞에서 이렇게 경건해질 것 같았다.

'고맙습니다. 그동안 고마웠습니다.'

나는 좀 더 경건한 시간을 갖고 싶었지만, 꽃 냄새
가 속을 들쑤시는 통에 더 참을 수가 없었다. 빈속으

166

로 해장국집 앞을 지날 때처럼 허기가 졌다. 나는 눈을 뜨고 첫꽃을 입에 넣었다.

꽃은 비릿하고 향기로웠다. 그리고 달콤했다. 내 배 속에 닿기도 전에 목에서 스르륵 녹아 내 몸 깊은 곳으로 스며들어 버리는 것만 같았다. 마치 미원을 넣지 않고 끓인 선짓국을 한 술갈 떠 넣었을 때처럼.

"누나, 맛있어?"

"음."

"달아?"

"음. 작년보다 더 단 것 같은데."

나는 햇빛이 쏟아지는 방향을 가늠하며 꽃차례를 하나 더 땄다. 그러고는 삶은 옥수수처럼 양 끝을 잡고 튀밥 같은 꽃송이를 먹었다.

"그걸 무슨 맛으로 먹어? 난 칼자국 없는 건 싫어."

"야, 강수길. 엄마가 성한 걸로 먹으랬잖아. 칼자국 있는 나무에서 난 건 절대로 먹지 말랬다고."

"자국 있는 걸로 먹고 싶은데."

"절대 안 된다니까! 한 번만 또 그러면 엄마한테 진짜로 확약 일러바칠 줄 알아."

나는 수길에게 주먹을 쥐어 보이며 으름장을 놓았

다. 엄마는 칼자국 난 나무를 꺼림칙하게 여겼다. 그런 나무에서 첫꽃을 따 먹으면 그 나무를 닮아 상처 많은 인생을 살게 될 거라고 그랬다.

"아, 그래도 그런 게 맛있는데."

"안 된다니까! 너 칼자국 난 나무에서 난 거 먹고, 아빠처럼 자꾸 다칠 거야?"

"아빠는 술 마셔서 그렇잖아."

"너 누나 말 안 들을래?"

"나 좀 내버려 두라고! 다른 애들도 그냥 자국 있는 데서 막 따 먹는다고!"

수길이 주먹까지 쥐고 성질을 냈다.

"야!"

나는 손에 쥔 꽃가지로 수길의 등을 때렸다. 하얀 꽃잎 몇 개가 푸른 티셔츠 위에서 뭉그러졌다.

"또 때려? 이제 막 때리는 사람 됐나 봐."

수길이 금방 울 것 같은 표정을 지었다. 나는 선지 들통을 엎은 날의 기억이 떠올라 멈칫했다.

"그럼 낼부터 따 먹어. 오늘은 첫꽃날이잖아."

나는 애써 마음을 누그러뜨리며 말했다.

"싫어. 다른 건 밍밍해서 빨기만 힘들다고!"

168

"야, 강수길!"

"누나나 멀쩡한 거 많이 먹어!"

수길은 버럭 소리를 지르고는 짬뽕 숲 쪽으로 도망쳐 버렸다. 녀석은 고집불통이었다. 게다가 숲에만 오면 잽싸져서 내 힘으론 속수무책이었다. 나는 동생 잡기를 포기하고 같은 나무에서 꽃차례 하나를 더 땄다.

용비봉에는 상처투성이 나무 천지였다. 어제까지 멀쩡하던 나무에 밤새 수십 군데 흉터가 생기는 일도 부지기수였다. 어떤 골짜기엔 아예 부러지고 흠 진 나무만 빼곡했다. 그 많은 칼자국을 누가 만들어 내는지 나는 알 수가 없었다. 술 취한 아버지에게 흠씬 두들겨 맞은 아랫집 아이가 도루코 칼로 찍어 대는 걸 본 게 유일한 목격이었다. 이른 새벽 숲에서 칼을 들고 나오는 남자를 봤다는 사람도 있고, 어느 정신 나간 도살꾼이 벌이는 짓이라는 소문도 있었다.

상처가 많은 아카시아 나무일수록 더 달고 풍성한 꽃을 피우고, 가을이 되면 열매를 더 많이 만들어 냈다. 군데군데 볼품없이 선 소나무도 마찬가지였다. 희누름한 맨살을 드러낸 소나무일수록, 버겁도록 많은 솔방울을 만들어 달았다. 엄마. 누나는 숲 한가운데 큰 나무 거 먹고, 나는 칼자국 하나도 없는 거 맨 첨으로 따 먹었어. 작년 첫꽃날, 수길은 아침 밥상에서 눈도 꿈쩍 않고 거짓말을 했다. 엄마는 이 세상에 아카시아처럼 아무 데서나 잘 크고 물난리에 끄떡없는 나무는 없다는, 수십 번도 더 한 얘기를 되풀이했다.

수길은 한글을 떼기도 전에 상처투성이 아카시아 나무를 찾아내는 방법을 터득했다. 가시에 찔리지 않고 잎과 꽃을 꺾는 법도 금세 배웠다. 수길은 아카시아를 먹을 때 꽃 모가지를 길게 땄다. 그러고는 입속 깊이 밀어 넣었다가 입술을 앞으로 당기며 힘껏 빨았다.

나는 수길이 그럴 때마다 눈살이 찌푸려졌다. 거무죽죽한 우리 엄마 젖꼭지가 생각났기 때문이다. 굵고 검은 때가 밀리는 엄마의 시큼한 가슴팍, 망설이는 기색 없이 옷을 들추고 긁어 대는 펑퍼짐한 젖가슴, 크고 검은 젖꼭지……. 엄마가 동생을 가질 때까지 내가 그 시커먼 꼭지를 빨아 대고 자랐다는 게 문득 혐오스러웠다.

나는 입안이 꽉 찰 때까지 꽃을 뜯어 물었다. 그러고는 입 안쪽 살에 닿는 간질간질한 느낌을 즐기며 꽃을 씹었다.

'동구 밖 과수원 길 아카시아꽃이 활짝 폈네.'

마음속으로 노래를 불렀다. 첫꽃 행렬에서 살짝 벗어나 홀로 있으니 마치 수원 어느 과수원에 와 있는 것 같았다. 꽃향기, 꽃 맛, 꽃 노래……. 산 아래 일들을 훌훌 떨쳐 버리고 산에 오르던 순간처럼 행복해졌다.

"수원아."

익숙한 목소리가 꿈결처럼 들렸다. 나는 눈을 바짝 뜨고 길 쪽으로 고개를 돌렸다. 아카시아 꽃잎 사이로 상숙이 엄마가 보였다.

"……."

나는 꽃을 입에 문 채로 눈만 꿈쩍꿈쩍했다. 하얀 꽃밭에 상숙이 엄마라니. 도살장 한 귀퉁이가 숲길에 불쑥 꺼든 것처럼 낯선 풍경이었다.

"수원아, 너 우리 상희 봤니?"

"아, 아까요."

"너 우리 상희 산에서 뭐 하는지 본 적 있니?"

다람쥐처럼 떡갈나무를 타던 상희 언니가 떠올랐다. 상숙이 비밀이라고 털어놓던 얘기도.

"그, 그러니까…… 없는데요."

"첫꽃은 먹는지 속이 타서 올라왔다."

상숙이 엄마는 구부정 바위에 턱 걸터앉았다.

"넌 첫꽃 먹었니?"

"예."

"그럼 상희 뭐 하나 찾아볼래? 상숙이 넌은 저 아래서 처먹고 있는데, 내가 모르는 척하고 왔다. 해마다 지 혼자 처먹고는 지 언니도 먹었다고 거짓말 친 것 같아."

나는 상숙이 그럴 수밖에 없는 상황이 이해되었다. 동생도 말을 듣지 않는 세상에, 언니에게 억지로 첫꽃을 먹게 할 수는 없는 노릇이었다.

"상희는 안 보이고 저 아래서 정구, 정호, 수길이 몰려다니는 것만 봤다. 참, 개들 다 용비봉교회 다닌다매?"

"예."

"그 교회는 피 먹는 거 죄라고 안 가르치나."

"안 그런대요."

황룡제일교회 목사는 피를 먹는 게 죄라고 했다. 피를 먹고 사는 사람들, 피를 끓여 해장국으로 만들어 파는 사람들의 죄 때문에 목사가 날마다 기도한다고, 엄마가 말하던 생각이 났다. 그 교회 목사님이 살코기는 먹는다네. 살코기에도 피가 배었는데. 아무튼 그 교회 다니던 우리 도살장 사람들 거의 다 나왔어. 우리 같은 죄인이 어디 교회 근처에 갈 수 있겠냐. 엄마는 씁쓸하게 웃었다.

"참, 너한테 말하기 민망하다만."

상숙이 엄마 얼굴에 갑자기 웃음이 번졌다.

"밤벌레 할아버지가 저 아래 구석에 숨어서 첫꽃 먹고 있더라고."

"할, 할아버지가요?"

"그래. 나도 설마 싶어서 다시 봤지. 나한테 들킨 거 알면 창피할까 봐 모른 척했어. 뻔해. 밤벌레 할멈이 해 뜨기 전에 산으로 보냈을 거야. 참말로 남부끄러운 줄 모르고 시키는 할망구나, 시킨다고 정말 오는 할아범이나. 첫꽃이 정력에 좋다고 소문나서 내년에는 동네 사내들이 다 쫓아올 판인데……. 이게 다 없어지는구나."

얼굴이 화끈 달아올랐다.

"수원아, 근데 너는 아직 생리 안 하냐? 키가 커서 올해 너는 첫꽃 안 먹나 했는데."

"……안, 안 해요."

나는 생리라는 말이 정력이란 말만큼이나 부끄러웠다.

"돼지 새끼뽀 많이 먹으면 사람 자궁도 튼튼해져서 생리도 빨리 한다던데. 넌 별로 빠르지 않구나. 하긴, 상숙이 년은 생리하는 거 들킨다고 첫꽃 먹으러 왔으니. 너도 그거 시작됐어도 그냥 집에 있기는 그랬겠다."

나는 혹시 주위에 아는 아이가 있나 싶어 주위를 둘러보았다. 상숙이 엄마가 정력, 생리, 돼지 새끼뽀 같은 말을 더 이상 꺼내지 않으면 좋을 것 같았다.

"참, 아빠 아직도 집에서 노니?"

상숙이 엄마는 갈수록 태산이었다. 나는 아예 고개를 푹 떨어뜨렸다.

"……아, 아직."

"제피나무에 돼지 족이 최고라니까. 내가 한번 전화해야겠다. 요새 도살장에 청소하는 사람 뽑는대서 안 그래도 니 아빠 생각했다."

'도살장 청소하는 사람……'

동구 밖 과수원 길에 온 듯했던 마음이 다 사라져 버렸다. 엄마가 도살장에서 내장 손보는 일을 할 때, 선생님이 그걸 알게 될까 봐 일기에 한 번도 쓴 적이 없었다. 가정환경 조사서의 어머니 직업란엔 그냥 '주부'라고 썼다. 불안했다. 들통 가득 선지를 들고 약수인 척해야 하는 날들이 다시 시작될 것만 같았다.

"청소 일이 공단 창고 일보다는 훨씬 수월할 거야. 뭐든 수레에 싣고 끄니까 말이다. 비위만 좋으면 돼. 니 아빠 비위는 좋지?"

"……."

아빠 비위가 좋은지 나쁜지 생각할 겨를이 없었다. 도살장 청소부라는 말이 머릿속에 꽉 들어차 버린 기분이었다.

"월급도 전보다 나을걸. 여자들 허드렛일 일당은 헐해도, 남자 직원 일당은 괜찮은 데거든. 벌써 여럿이 하겠다고 나선 모양이더라."

월급이라는 말에 귀가 솔깃해졌다. 모아 놓은 돈은 하나도 없고 주인이 보증금이라도 올린다고 하면 꼼짝없이 단칸방으로 옮겨야 한다고, 엄마가 걱정하던 게 생각났다.

"도살장에서 일하면 어디 선지뿐이냐. 퇴근길에 보통이 하나씩 들고 가는 사람 천지인걸. 네 엄마는 내장 허드렛일 할 때도 한 보통이씩 챙겼잖아. 도살장 청소하면 싱싱한 소간도 쉽게 얻을 거다."

"예에?"

입이 쩍 벌어졌다. 마음이 취직 쪽으로 기울었다. 하루빨리 아빠가 도살장 청소부로 취직을 해야 할 것 같았다. 아빠가 취직하면 서울부산물 아줌마가 덤을 주지 않아도 진한 선짓국에 소간볶음을 실컷 먹을 수 있을 것이었다. 나는 주위를 다시 한번 살피고 상숙이 엄마한테 바짝 붙어서 물었다.

"아줌마, 그러니까…… 도, 도살꾼은 아니지요?"

"그럼. 그건 아무나 시켜 주지도 않아. 니 아빠보다 훨씬 젊었을 때 배워야 되는 기술이야."

"그래요?"

"그럼. 월급도 꽤 되지. 그렇지 않으면 영미네가 집 장만을 어떻게 했겠니. 너 우리 동네에서 멀쩡하게 양복 입고 출근하는 사내들 중에 도살꾼 있는 거 몰랐지."

"정, 정말요?"

"그럼. 멀끔하게 회사 가는 척하고 나와서 도살장 뒷문으로 들어간다고. 거기서 옷 갈아입고 일하는 거야. 저녁이 되면 거기서 씻고 감쪽같이 양복 차림으로 집에 간대. 들리는 말로는 향수도 고급으로 쓴다더라. 월급이 많으니 향수 사고 양복 입고 하지 않겠어?"

"아……."

나는 선지를 받아 오는 길에 본 양복쟁이들을 떠올렸다. 나는 그들이 당연히 도살장 꼭대기 층에서 전자계산기 두드리는 일이나, 황룡공단 사무실에서 일하는 이들일 거라 짐작했다.

"도살장 청소부도 그렇게 해도 돼. 니 엄마가 양복 사는 데 돈을 쓰진 않겠지만 말이다."

도살장 청소부. 공공 근로만큼이나 희망이 느껴지지 않는 일이었다. 하지만 도살장은 블록 벽 안쪽에 있으니까, 거기서 일하는 걸 다른 애들이 보지 못할 거였다. 도살꾼처럼 감쪽같이 뒷문으로 들어갔다 나올 수 있다면 걱정이 없었다.

"그나저나 이 넓은 산에서 상희 년을 어떻게 찾아…… 수원아, 우리 상희 보면 첫꽃 먹으라고 얘기해 줘라. 올해가 마지막이라고 꼭 좀 말해 줘."

상숙이 엄마는 내 어깨를 몇 번 두드리고 산을 내려갔다. 상숙이 엄마는 우리 동네 아줌마들 중에서 제일로 키가 컸다. 엄마를 닮았다면 상숙도 나중에 저렇게 클지도 몰랐다. 남의 자식이라고 뭘 잘 안 먹이나. 상희는 비쩍 말라서 키도 안 크고. 밤벌레 할머니가 혀를 차며 하던 말이 떠올랐다. 나는 열 살 즈음까진 '남의 자식'이 무슨 뜻인지 몰라, '상희는 나무 자식'이라는 말로 알아들었다. 알에서 태어난 사람 얘기는 들어 봤어도, 나무에서 태어난 사람은 옛날이야기 속에도 없었다. 허리 아래는 나무이고 상체만 사람인 상희 언니가 사람이 되기 위해 인어공주만큼 고통스런 시간을 보내는 상상을 하기도 했다.

'또 참나무 군락으로 갔을까?'

나는 지난겨울 상희 언니를 만난 곳으로 발걸음을 돌렸다.

상희 언니랑 상숙은 아빠만 같았다. 상희 언니가 갓난아기일 때 친엄마가 떠나 버렸다고 상숙이 가르처 주었다. 울 엄마는 언니만 인삼 주고 밤 구워 주고 그런다. 정호네 꿀도 한 통 사서 우리 언니만 줘. 어쩔 때 상희 언니 새엄마가 아니라 내 새엄마 같다니까. 상희 언니가 먹는다면 비싸도 사 주고, 난 팔다 남은 족발이나 순대만 먹으라고 하고. 아빠랑 나는 찬밥 신세야. 상숙이 입을 비죽거리며 말하곤 했다.

상희 언니는 도살장에서 나온 걸 하나도 못 먹었다. 점포에서 파는 비싼 고기도 마찬가지였다. 생선이나 닭고기도 못 먹었다. 눈 뜨고 살아 있던 걸 어떻게 먹냐고 그래. 아빠 말로는 죽으러 가는 소 눈을 봐서 그렇게 된 거래. 억지로 먹으면 토하고 난리가 난다니까. 상숙이 엄마랑 상희 언니가 실랑이를 심하게 벌일 때, 상숙이 우리 집으로 피해 와 몇 번이고 들려준 이야기였다.

그 얘기를 들을 때면 소 눈과 마주쳤던 순간이 떠올랐다. 내가 본 소들도 다 죽었을 텐데 나는 아무렇지도 않게 선지랑 내장을 먹었다. 죽지 않으려고 버르적거렸던 발을 여러 번 봤어도 나는 족발이라면 환장을 하고 먹었다.

'이쪽인가?'

초여름 숲에선 참나무 군락을 찾는 게 쉽지 않았다. 마른 계곡에 물이 다시 흐르고 잎이 우거져 가늠하기 어려웠다. 아이들은 참나무 군락 쪽으로 다니지 않았다. 아카시아 숲이나 짬뽕 숲처럼 먹을 것도 없고 경사가 심해서 깊은 가을 도토리 주우러 가는 어른들이나 거기로 드나들었다.

상희 언니를 따라갔던 길을 애써 떠올려 봤다. 재빠르게 겨울 산을 타던 언니의 등만 눈에 선했다. 숨이 찼다. 땀이 눈으로 흘러들었다. 눈이 따끔거렸다.

"휴우."

나는 조그만 나뭇등걸에 주저앉아, 소맷자락으로 땀을 닦았다. 코앞이 참나무 군락인 것도 같고 영 길을 잘못 든 것 같기도 했다.

"엇."

얼핏 파란 옷자락이 보였다. 나는 살금살금 그 옷자락을 따라갔다. 상희 언니였다. 언니의 조그만 등이 나무와 나무 사이에 꼿꼿하게 서 있었다. 숨소리를 죽이며 기다려도 언니는 나무에 오르지 않았다. 언니가 손을 뻗어 슬그머니 나무둥치를 쓰다듬었다. 천천히, 한없이 사랑스러운 아이를 만지듯.

탄성이 터져 나오려고 했다. 상희 언니가 있는 참나무 숲은 내가 태어나서 본 것 중에 가장 아름다운 풍경이었다.

상희 언니는 정말 나무의 자식인 거 아닐까? 그렇지 않다면 언니가 숲의 일부로 스며들어 버린 것 같은 느낌을 설명할 수가 없었다. 다람쥐처럼 잽싸게 참나무 꼭대기에 올라가던 모습, 추운 겨울 양말 바람으로 나무를 타면서 마른 잎을 떼어 주던 것……. 이해할 순 없지만 마음에 남아 있는 그 순간이, 상희 언니가 정말 나무의 자식이라면 이상할 게 없었다.

"어, 수원이 아니니?"

나는 입이 떨어지지 않았다. 왜 거기 있었는지 둘러댈 말을 미처 준비해 두지 않은 탓이었다.

"수원아, 여기 웬일이야?"

"……."

"혹시 우리 엄마 봤니?"

나는 고개를 끄덕였다.

"우리 엄마가 나 찾아보라고 그랬구나. 엄마가 이쪽으로 가 보라고 했어? 우리 엄마 나 여기 있는 줄 모를 텐데."

가슴이 두근거렸다. 언니를 몰래 훔쳐보았던 지난 겨울 일까지 탄로가 날까 걱정이 되었다.

"수원아. 있지, 참나무는 떨켜가 없다."

언니는 더 묻지 않고, 참나무 둥치에 손바닥을 가만히 대며 말했다.

"참나무는 떨켜가 없어. 그래서 누군가 말라 죽은 잎을 뜯어 주지 않으면, 봄이 와 새싹이 밀어낼 때까지 그 잎을 매달고 있어. 바보 같지?"

나는 말없이 고개를 끄덕였다. 주인집 개가 죽은 새끼에게 자꾸 젖을 물리던 생각이 났다. 참나무는 주인집 개만큼 바보 같았다.

"수원아, 거짓말 좀 해 줄래?"

"응?"

"우리 엄마한테 나 첫꽃 먹었다고. 내 입에서 꽃 냄새가 났다고."

언니가 쓴웃음을 지으며 부탁했다. 나는 상희 언니랑 상숙이 엄마 중에 누구 부탁을 들어줘야 하나 망설였다. 상희 언니가 첫꽃을 먹을 수만 있다면 그게 제일 좋은 일이었다. 아카시아의 좋은 기운이 언니 안으로 들어갈 수만 있다면, 내 불안한 마음도 조금은 누그러질 것 같았다. 어떻게든 언니를 설득해 보고 싶었다. 하고 싶은 말과 해야 할 말이 아카시아 꽃잎처럼 머릿속에 흐드러졌다. 꽃잎 같은 말이 마음속을 둥둥 떠다녔다. 애를 써도 한 문장으로 만들어지지가 않았다. 답답했다. 한참을 씨름하고 나서 겨우 입을 뗐다.

"어, 언니. 그러니까…… 아카시아꽃은, 도살장에서 나온 것도 아니잖아."

"그렇지."

"먹기 싫은 거야? 아니면 그러니까…… 먹고 싶어도 못, 못 먹는 거야?"

언니는 말이 없었다. 풀 사이를 헤쳐 바짝 마른 낙엽 하나를 줍더니, 조금씩 뜯어냈다.

"……"

나도 마른 낙엽 하나를 집어 들었다. 언니처럼 조금씩 뜯어냈다. 우리 둘은 한동안 말없이 잎만 뜯었다. 나는 먹고 싶은 걸 참는 거랑, 먹기 힘든 걸 억지로 먹는 것 중에 뭐가 더 힘들까 생각했다.

"있잖아. 먹으려고 해 봤는데 안 돼. 아까시에서 피 냄새가 나. 아까시꽃은 꽃이 아닌 것 같아. 아까시

나무도 나무가 아닌 것 같아. 그건…… 동물 같아."

언니 낙엽은 말라빠진 잎맥만 남았다. 아까시, 아까시꽃, 아까시나무…….

나는 아까시라는 말이 걸렸다. 마음이 무거웠다. 5학년 담임이 용비봉을 가리키며 부르던 이름, 아까시. 나는 입안에 희미하게 남은 첫꽃 맛을 떠올렸다. 달콤하고 쌉싸래한 풋내 뒤에 비릿한 기운이 있긴 했다. 상희 언니는 그걸 피 냄새라고 생각하는 걸까? 나는 언니 옆모습을 가만히 바라보았다. 언니는 산 아래 동네에서 오래도록 지니고 있던, 그 외로운 표정으로 돌아가 있었다.

"이제 집에 가자."

언니가 말라비틀어진 잎맥을 버렸다. 손을 털고 일어나서 엉덩이를 털었다. 나도 언니를 따라 했다.

"우리 엄마한테 내가 말할게. 첫꽃 먹었다고. 저번에 진달래꽃 먹었으니까, 산에 핀 첫꽃은 먹은 거야."

"응!"

나는 한결 가벼워진 마음으로 대답했다. 진달래는 제일 먼저 꽃을 피우는 나무다. 추운 겨울에 꽃을 만들어 낼 수 있으니까, 아카시아만큼이나 강한 나무일 것 같았다.

"수원아. 이쪽으로 와. 그쪽은 갑자기 땅이 푹 꺼져."

언니가 내 손을 꼭 잡았다. 언니 손은 작고 딱딱했다. 언니가 참나무 타는 걸 못 봤다면 상숙이 엄마가 일을 많이 시키는 게 아닐까 의심했을 만큼 거칠었다.

"수원아. 나는 니가 부러워."

"내. 내가?"

"응. 너처럼 나도 선짓국을 잘 먹으면 좋겠어."

"……."

"그리고 너처럼 씩씩하게 선지를 받으러 갈 수 있으면 좋겠어."

거짓말 같았다. 선지라면 냄새도 못 맡는 언니가 선짓국 귀신인 나를 부러워하다니! 선지를 받으러 도살장에 가고 싶다니!

"나는 니가 대단하다고 생각해."

"……."

기분이 이상했다. 수길이랑 서울부산물 아줌마 말고 나를 대단하다고 생각하는 사람은 처음이었다.

"나도, 그러니까 사, 사실은 나도 가기 싫어. 그, 그러니까…… 도살장 냄새 싫어."

"하기 싫어도 너는 해내잖아. 그래서 대단해."

"아."

싫어도 하는 게 대단한 거라면, 나는 대단한 게 맞았다. 한 번도 선지를 사러 가고 싶지 않았으니까.

"수원아, 하고 싶어서 하는 일은 별로 대단하지 않아. 내가 지금 여기 숨어 있는 것처럼."

"……."

언니의 말을 다 이해하긴 어려웠다. 하지만 언니가 아주 귀한 얘기를 내게 마음을 담아 털어놓고 있다는 느낌이 들었다. 나는 상희 언니와 나란히 걸으며 언니의 말을 되새김질했다.

"언니, 근데…… 하고 싶어서 하는 것도, 대단할 때가 있어."

나는 정호를 떠올렸다. 울보 정호가 담임 앞에서 또박또박 아카시아를 변호하던 그 순간을.

"정호가 하고 싶은 말을 용기 있게 한 적이 있는데, 그, 그러니까…… 그건 대단한 일이었어."

"정호가 얼마나 대단한지 몰라도, 나는 우리 수

원이가 대단하다는 생각에 변함이 없어. 난 우리 수원이를 믿어. 너희 엄마는 너를 믿고 산다고 하시더라. 우리 엄마도 나를 믿고 살 수 있으면 좋을 텐데."

허투루 흘려보낼 수 없는 말들이 자꾸만 마음에 쌓였다. 상희 언니가 나를 믿는다는 말은, 엄마가 나를 믿는다는 말처럼 갑갑하지 않았다. 대신 아주 무거웠다. 언니가 묵직한 보물 상자를 내게 건네준 것 같았다. 언니, 나는 우리 엄마가 나를 믿고 살지 않았으면 좋겠어. 그 말을 들을 때마다 마음이 갑갑해. 무섭고 싫어……. 그 말도 할 수가 없었다. 나는 언니를 위로하고 싶었다.

언니가 나무 사이에 서 있는 풍경이 세상에 태어나 본 것 중에 젤로 아름다웠다고 말할까? 그러면 안 될 것 같았다. 그건 아름다우면서도 슬픈 거였다. 나는 애써 언니가 가진 좋은 걸 찾았다.

"상희 언니. 언, 언니는 착해. 내가 아는 사람 중에 젤로 착해."

"내가 착하다고? 엄마한테 거짓말해 달라고 시키는데 뭐가 착해. 착한 건 너야. 씩씩하게 식구들이 먹을 선지를 받으러 가는 너."

애써 찾은 게 날아가 버렸다. 암만 생각해도 좋은 게 떠오르지 않았다. 나무를 잘 탄다는 건 차마 말할 수 없었다. 공부를 별나게 잘하는 것도 아니고, 새엄마랑 살고, 몸이 약하고, 얼굴은 만날 슬프고……. 상희 언니는 좋은 사람인데, 분명히 좋은 사람인데 언니에게 좋은 걸 찾을 수가 없었다. 우리 둘은 한참을 말없이 걸었다.

"상희 언니, 헛. 헛되대. 모든 게 헛되고 헛되고 헛되다."

나는 불쑥 전도서 한 구절을 읊었다.

"하하, 수원아, 너 뚱딴지같이 그게 뭔 소리야? 헛된 게 무슨 뜻인지 알아?"

"그게, 그러니까…… 성, 성경책에 있는 말이야. 성경책 한가운데 전도서에……."

나는 용비봉교회 전도사님과 상희 언니가 나란히 앉은 모습을 상상했다. 상희 언니가 너무 작았다. 전도사님은 바닷고기를 실컷 먹고 자라서 그런지 보통 남자만큼은 컸다.

"언니도 대단해. 집, 그러니까…… 자기 집도 있잖아."

짬뽕 숲을 지나갈 때쯤, 겨우 하나를 떠올렸다.

"자기 집?"

언니가 헛웃음을 쳤다.

"수원아, 자기 집이라도 다 같은 게 아니야. 우리 집 언제 무너질지 몰라."

텔레비전에서 포클레인으로 집을 부수는 걸 본 적이 있긴 했다. 낡은 집에 살던 사람들이 무너진 집 옆에서 울고 있었다. 무허가로 지은 집이라, 땅 주인이 부숴 버려도 꼼짝 못하는 거라고 아빠가 가르쳐 주었다. 하지만 상희 언니네 집은 그런 집이 아니었다. 방두 칸짜리 조그만 양옥이라도 몇 달 전에 새로 산, 번듯한 주택이었다.

"수원아, 우리 집이랑 그 길에 죽 있는 집들 있잖아. 지금 다 여기저기 금이 가서 난리야. 아까시나무 뿌리가 집터에 파고들어서 그렇대."

"정말?"

"동네 사람들이 수군거리더라. 우리가 속아서 샀다고. 엄마 아빠는 금방 무너질 집 사 놓고 바보처럼 좋아했지. 그 집에서 오래오래 산다고 마당에 대추나무도 심었는데……."

믿어지지 않았다. 아카시아 숲이 시작되는 곳과 언니네 집 사이에는 폭이 5미터는 족히 되는 길이 있었다.

"정, 정말? 그러니까…… 그렇게 멀리 떨어져 있는데?"

"정말이야. 아까시는 해골도 뚫고 들어가는 나무야. 어쩌면 우리 집 너머 그 아랫동네까지 귀신처럼 뻗어 있을지도 몰라."

내가 아는 아카시아는 아무 데서나 잘 크고 물난리에 끄떡없는 나무였다. 칼질을 하고 발로 차 대도 묵묵히 꽃을 피우고 꿀을 내어 주는. 아카시아가 집을 무너뜨릴 거라는 얘기는, 소의 목덜미에서 피가 분수처럼 뿜는다는 블록 벽 안쪽의 은밀한 이야기처럼 나를 빨아들였다.

"그러니까…… 언니. 좀, 좀 있으면 아파트 짓잖아. 그, 그러면 나무 베면 뿌리도 죽는 거 아니야?"

"나무를 뽑으면 뿌리를 건드리게 되지. 아마 그날 우리 집은 무너질걸."

언니 말끝에 힘이 들어갔다.

"무너지면 어떡해?"

"차라리 무너지는 게 나아."

"어어?"

"금이 간 위태로운 집보다 완전히 무너진 집이 낫다고. 아파트 지을 때 옆에 있는 집이 무너지면, 아파트를 한 채씩 준대. 지금도 조금씩 금이 깊어지고 있어. 비바람 심하게 불면 무서워. 집이 무너질 것 같아서."

"아."

우리 동네엔 아파트가 없었다. 반포아파트로 이사 간 진미혜 생각이 났다. 새로 지은 뉴서울아파트에 상희 언니가 살 수 있다면 그건 그냥 길 건너로 이사 가는 게 아니었다. 상숙이 더 이상 놀림을 받지 않는 세계로 넘어가는 일인 것만 같았다. 참나무 군락에 고요히 앉아 있을 때처럼 상희 언니도 거기선 행복할지도 몰랐다.

"무너져야 돼! 무너질 것 같은 집보다 무너진 집이 좋아! 꼭 무너지면 좋겠다."

나도 모르게 더듬지 않은 말이 툭 튀어나왔다. 빠르게 또박또박, 횡단보도에서 쏟아 내던 욕처럼.

'우리 집도 상숙이네 옆에 있으면, 같이 무너지면

좋겠다.'

나는 우리 집이 숲 아랫길에 있는 장면을 떠올렸다. 남루한 모든 것들이 폭삭 무너져 영영 사라져 버리는 상상은 두렵고 짜릿했다. 그리고 이상했다. 둘로 갈라진 마음이, 서로 다른 방향을 향해 뻗어 가는 아카시아 가지처럼 각자의 길로 점점 커져 갔다. 도살장이 멀리 가 버릴까 두려운 마음이 커지는 만큼, 영원히 아주 멀리 가 버리면 좋겠다는 마음도 커져 버렸다. 아카시아 숲이랑 짬뽕 숲이 없어질까 봐 걱정되는 만큼, 다 사라져 버리길 바라는 꿈도 꾸게 되었다. 엄마 아빠가 죽을까 봐 불안하면서도, 엄마 아빠만 없으면 나는 알프스 소녀 하이디처럼 다른 세계로 넘어갈 수 있지 않을까 하는 생각도 들었다.

"수원아, 수원아, 큰일 났어!"

숲 아랫길로 내려서는데, 정호가 헐레벌떡 다가왔다. 정호 눈에는 눈물이 어른어른했다.

"수길이 다쳤어. 내가 바위 끝까지 가지 말라고 그랬는데."

"뭐라고? 얼마나 다쳤는데?"

상희 언니가 다그쳐 물었다.

"머리에서 피가 줄줄 나."

"피가? 어쩌다 그런 거야?"

상희 언니가 다시 물었다.

"누가 바위 끝 아카시아 나무에 칼집을 잔뜩 내났 더라고. 그 나무가 맛있겠다고 바위 끝까지 가다가 미끄러졌어. 수길이 머리에서 피가 줄줄 나. 엄청 울 어. 밤벌레 할아버지가 업고 갔어."

"……."

나는 아무 말도 떠오르지 않았다. 머리가 얼어붙 은 것 같았다. 전쟁이 나고 이산가족이 돼도 수길은 오래오래 건강하게 잘 살아야 했다. 엄마 아빠가 죽 고 알프스 산 베른 할아버지를 찾아가는 상상 속에 서도, 나는 수길을 데리고 다녔다.

"수길이 어디로 업고 갔어?"

"황룡의원으로."

"얼른 가 보자. 정호야, 너는 수원이네 집으로 가. 아줌마 아저씨한테 알려 드려야지."

"수원이네 집에는 정구 형이 갔어."

"수원아. 괜찮아. 괜찮을 거야. 머리 다쳤을 때 밖 으로 피 나면 괜찮은 거랬어."

상희 언니가 내 손을 꼭 잡았다. 그리고 뛰기 시작했다.

"근데 밤벌레 할아버지는 어떻게 만났어?"

상희 언니가 정호에게 물었다.

"그게, 갑자기 나타났어."

"어디서?"

"덤불 속에서. 수길이가 다쳐서 정구 형 찾으러 가려는데, 갑자기 확 나와서 귀신인 줄 알았어."

"할아버지가 왜 거기 숨어 있었지?"

"모르겠어."

나는 알고 있었다. 밤벌레 할아버지가 왜 거기 숨어 있었는지. 하지만 아무런 대꾸를 할 수가 없었다. 수길이 다쳤다는 소식에 입이 얼어붙어서 떨어지지도 않았다.

"수길이 심각해?"

상희 언니가 물었다.

"피는 많이 나는데, 말은 잘 하더라고."

"뭐라고?"

"병원에 입원하면 우리 엄마가 자기에게 꿀차 선물로 줄 것 같다고 말했어."

"휴우."

그제야 입이 열렸다. 마음이 툭 내려앉았다.

'바보 같은 자식, 상처 있는 거 먹지 말라니까.'

수길은 괜찮았다. 사라지지 않을 것 같았다.

5
병원

누나, 근데 병원에서 도살장 냄새 나지 않아?
수길이 코를 킁킁거렸다.
희미하게, 도살장 가는 길모퉁이에 들어선 것처럼
비릿한 냄새가 나는 것 같았다.

수길은 황룡의원에 입원했다.

황룡의원은 콜라 공장과 빵 공장 사이, 골목 안쪽에 있었다. 황룡의원 원장은 이름난 외과 의사였다. 잘린 손가락을 잘 붙이기로 유명해서, 황룡공단에서 일하다 다친 사람들은 거의 다 황룡의원으로 갔다. 발골 칼이나 전기톱에 다친 도살장 사람들이 달려가는 곳도 황룡의원이었다. 사골을 썰다가 자기 엄지손가락까지 썰어 버린 충남상회 아저씨는 원장님한테 접합 수술을 받았다. 인천, 안산, 천안에서도 잘린 손가락이나 발가락을 들고 찾아오는 바람에 동네 사람들은 원장님 얼굴 보기도 어려웠다.

수길의 머리는 원장님이 꿰매 주지 않았다. 원장님은 손가락과 발가락을 붙이느라고 바빠서, 나머지 환자들은 다른 의사가 진료를 했다. 수길은 머리카락을 다 밀고 귀 뒤를 일곱 바늘 꿰맸다. 의사는 뇌진탕이 의심된다고 했다. 뇌진탕이란 말을 처음 들었을 땐 더

력 겁이 났다. 머리에 문제가 생겨 진짜 바보 되는 게 아닌가 하고. 다행히 수길은 멀쩡했다. 담임 선생님이 사다 준 음료 상표까지 외우고 있었다.

"우리 수원이, 우리 정호. 오늘 너희가 우리 수길이 병실 좀 지키고 있어라."

아빠가 양복 깃을 매만지며 말했다.

"왜, 왜요?"

"오늘 4시에 회사 면접이다."

아빠는 첫꽃날 아이들처럼 설레는 얼굴이었다. 나는 아빠의 바짓부리를 살폈다. 말라붙은 밥풀은 없었다. 하지만 아빠에겐 양복이 어울리지 않았다. 바짓단에 날을 세워도 남의 것을 빌려 입은 것만 같았다.

"우리 딸내미 아들내미. 아빠 다녀온다."

아빠는 빙긋 웃고는 병실 문을 나섰다.

"아빠, 꼭 붙어."

수길이 벙글거렸다.

"아저씨, 안녕히 다녀오세요."

정호가 허리를 굽혀 인사했다. 정호는 날마다 수길이 병실에 놀러 왔다. 첫날엔 아카시아 꿀물을 가지고 왔는데, 다음 날부턴 빈손으로 와 저녁때까지 놀다 갔다.

"니네 아빠, 이제 회사 다녀?"

정호가 물었다.

"정호 형, 우리 아빠 도살장에 취직할지도 모른다. 도살장 초원에서 송아지 돌봐 주고, 선지 짜내고."

나는 순간 정호 얼굴을 봤다. 정호도 나를 봤다. 정호가 어색한 웃음을 지어 보였다.

"도살장 청소부."

나는 솔직하게 얘기했다.

"아."

정호가 고개를 끄덕였다. 다른 사람들에게 다 숨겨도 상숙이네랑 정호네 식구들한테 숨길 수는 없었다. 엄마 말대로 우린 '도살장에서 얻어 온 내장 쪼가리'까지 나눠 먹는 사이이기 때문이었다. 정호랑 있으면 마음이 편했다. 도살장에 있을 때 뭘 해도 아무렇지 않은 거랑 비슷한 느낌이었다. 얼마 전까진 상숙도 그랬다. 정호와는 못 하는 도살장 얘기도 실컷 할 수 있는 유일한 친구였다.

'뉴서울아파트로 이사 가면 더 멀어지겠네.'

상숙이네를 위해선 지금 사는 집이 무너져야 했다. 하지만 내 마음은 갈팡질팡했다. 집이 다 무너져서 아파트로 이사 가면, 상숙은 영영 내 친구가 될 수 없을 것 같았다.

"누나, 아빠 도살장 다니게 될까?"

"……면접 봐야 알지."

나는 비닐 앞치마를 두르고 외바퀴 수레를 밀고 가는 우리 아빠를 상상했다.

"수길이 다친 건 나쁜데, 병실에 이렇게 있는 건 좋아. 전에 뇌염 예방주사 맞으러 왔을 때, 입원실이 궁금했어."

정호가 병실 벽에 등을 기대며 말했다. 나도 병실에 들어와 본 건 처음이었다. 아빠가 개천에 빠져서 입원한 적이 있지만 그땐 병원이 멀어서 못 가 봤다. 텔레비전에서 본 거랑 다르게 황룡의원 병실엔 침대가 없고 그냥 장판방이었다. 침대 없어서 좋네. 어린애 침대에서 떨어질 일도 없고, 보호자도 팔다리 뻗고 편히 자고. 엄마는 황룡의원 장판방을 마음에 들어 했다.

엄마는 빵 공장에 나가야 해서 밤에만 수길이 옆에

있었다. 낮에는 아빠랑 내가 수길을 돌봤다. 엄마와 수길이 없는 집에서 아빠와 내가 방 한 칸씩 차지하고 자는 건, 며칠을 되풀이해도 익숙해지지 않았다. 집보다 병실이 나았다. 병실에 있으면 우리에게 근사한 집이 생긴 것 같은 착각이 들었다. 정호도 나 같은 착각 속에 빠지고 싶어 날마다 병문안을 오는 것 같았다. 정호네 집은 반지하라 햇빛이 잘 들지 않아서 퀴퀴한 곰팡이 냄새가 났다.

"누나, 근데 병원에서 도살장 냄새 나지 않아?"

수길이 코를 킁킁거렸다. 희미하게, 도살장 가는 길 모퉁이에 들어선 것처럼 비릿한 냄새가 나는 것 같았다.

"아닌 것 같은데. 도살장 냄새는 훨씬 맵지."

정호가 말했다.

"이 앞에 해장국집 있어서 그럴걸."

내가 말했다.

"아냐. 해장국 냄새 말고 꼭 도살장 냄새가 나."

수길은 계속 킁킁댔다.

"병원에서 소독내가 나지 무슨 도살장 냄새가 난다고 자꾸 그래."

"아니야. 아까 저 창문 여니까 서울부산물에서 맡았던 냄새가 났어."

나는 창가로 가 고개를 빼 들었다. 높다란 벽이 병실 앞을 가로막고 있어서 너머에 무엇이 있는지 알 수가 없었다.

"수길아, 혹시 오늘 병원에서 선짓국 끓인 거 아닐까?"

정호와 수길은 나름의 추측을 계속했다.

"아닌데. 점심에 콩나물국 나왔는데."

"병원에서 일하는 사람들끼리 먹었을지 몰라."

"그런가? 하긴 우리 엄마도 일 나가면 만날 선짓국이라고 그랬어."

엄마는 선짓국을 별로 좋아하지 않았다. 이 동네는 빵 공장에 일을 가도 선짓국, 봉제 공장에 일을 가도 선짓국이야. 새로 들어온 가시나들이 그걸 못 먹어서 맨밥만 먹고 바짝 말랐다니까. 시래기랑 마늘 넉넉히 넣고 끓이면 좀 나을 텐데, 선지를 제대로 데치지도 않고 하는 것 같아. 엄마가 그 얘길 할 때면 나는 여공이 된 상희 언니가 떠올랐다. 선짓국을 주는 공장에 취직하면 언니는 날마다 점심을 굶을 거고, 일을 하다가 정신을 잃어 미싱 바늘에 손등이 박혀 버릴지도 모를 일이었다.

"너 언제 퇴원하는지 알아?"

나는 말을 돌렸다. 어젯밤에도 엄마는 병원비 걱정을 했다. 아빠가 다치고 일을 오래 쉬면서부터는 엄마가 빵 공장에서 받는 주급으로 한 주 한 주 살아왔다. 이번에 수길의 병원비를 마련하느라고 엄마는 저금통을 깨고, 우리 돌 반지를 팔았다. 입원 기간이 길어지면 빚을 내야 할지도 몰랐다. 나는 다락 틈에 박아 둔 천백 원을 저금통에 슬그머니 넣었다. 저금통에 생각보다 돈이 많네. 엄마가 반색을 했다.

"누나, 의사 선생님이 내일 퇴원하래. 난 여기가 좋은데. 반찬도 맛있고."

나는 병실을 둘러보았다. 병실엔 구저분한 살림살이가 없었다. 벽지랑 장판도 깨끗하고, 이불도 우리 집 것보다 훨씬 좋았다.

"으, 여기 오는 것도 오늘이 마지막이네. 강수길 호강 끝났다."

정호가 피식 웃었다.

"그래도 집 밥이 좋은 거야. 밖에서 먹는 음식은 다

미원 들어갔잖아."

나는 누나다운 말을 한 것 같아 조금 뿌듯했다.

"에, 우리도 미원 넣잖아. 뻥튀기국."

"그래도. 아빠가 취직하면 뻥튀기국 안 먹을 거야."

"진짜?"

"진짜. 도살장에서 일하면 싱싱한 내장이랑 선지 많이 가져올걸. 생간도 가져올 거고."

"누나, 아빠 취직하면 도살장 초원에서 풀 베고, 죽은 소한테 묵념하고 그런 거 하겠지?"

수길은 잔뜩 들떠 있었다. 언제까지 수길을 속일 수 있을지 걱정이 되었다.

마음이 더 이상 갈팡질팡하지 않았다. 도살장이든 황룡공단이든 아빠가 빨리 일을 시작해야 했다. 그러지 않으면 우리는 빚을 지고 방 한 칸짜리로 집을 줄여야 할지 몰랐다.

"참, 우리 전도사님 병원 왔었다."

"언제?"

"오늘 아침에. 목공소에 출근하면서 들렀대. 복숭아 통조림 주고 갔어. 기도도 해 주고."

나는 복숭아 통조림이 어디에 있나, 먹을 걸 두는

쪽을 흘깃거렸다.

"수길아, 통조림 어디 있어?"

"먹었지."

"너 혼자?"

"아니야, 아빠랑 나눠 먹었어. 사실은 아빠가 더 많이 먹었다."

"어휴."

엄마라면 특별한 음식을 그렇게 먹어 치우게 내버려 두지 않을 텐데. 엄마는 자긴 못 먹어도 우리랑 아빠가 조금이라도 맛을 보게 했다. 하지만 아빠는 풀빵 다섯 개를 사 올 때도, 두 개는 꼭 집에 오는 길에 혼자 먹어 치웠다.

"참, 정호야. 용비봉교회 전도사님 진짜로 도살장에서 나온 거 하나도 못 먹어? 살코기도?"

"응. 먹으려고 노력은 해 봤는데 아직 못 먹는대."

"근데 왜 우리 동네에 교회를 차렸대?"

"몇 년 전에 어떤 목사님하고 도살장 사거리를 지나는데, 그 목사님이 이 동네엔 피 먹는 사람이 많아서 교회가 들어올 데가 못 된다고 그랬대. 전도사님은 그 말이 화가 나서 우리 동네에 교회를 세운 거야."

"정말?"

"응, 화가 나서."

화가 나서 교회를 차리다니, 참 엉뚱한 사람이라
는 생각이 들었다.

"수원아, 하나님은 선짓국 먹고 열심히 사는 우리
동네 사람들을 사랑하신대."

"전도사님이 그래?"

"응. 분명하대."

"성경책에 피 먹으면 죄라고 쓰여 있다던데?"

"근데 하나님이 우리를 다 사랑한다는 얘기는 더
많아. 너도 우리 교회 같이 가 볼래?"

나는 고개를 저었다. 그래도 용비봉교회 전도사님
이 싫은 건 아니었다. 하나님도 괜찮은 분인 거 같았
다. '선짓국 먹고 열심히 사는 우리 동네 사람들을 사
랑한다.'는 말이, 내장이 잔뜩 들어간 선짓국 한 그릇
처럼 따뜻하게 느껴졌다.

"수길아!"

누가 병실 문을 벌컥 열고 고개를 들이밀었다. 밤
벌레 할머니였다.

"할머니, 안녕하셨어요?"

정호가 벌떡 일어나서 인사를 했다.

'문병 온 사람한테는 어떻게 하지?'

나는 멀뚱멀뚱 할머니 얼굴만 보고 있었다.

"할머니, 이쪽으로 앉으세요. 수길이 많이 나아서 내일 퇴원해요."

정호가 할머니를 안내했다. 정호가 있어서 다행이었다. 그리고 속상했다. 내 자리를 뺏긴 기분이었다. 병실에 처음 와 본 건 마찬가진데, 정호는 능숙하게 안내를 잘했다.

"아이고, 이 병원 끔찍해서 오기 싫다. 좀 전에도 손에 피 묻은 붕대 감고 막 비명 지르는 사람 봤다."

할머니가 신을 벗으며 말했다. 수길이 입원한 날도, 그런 사람을 봤다. 용비봉교회 전도사님 또래로 보이는 젊은 남자였다. 도살장에 가면 널린 게 피였다. 바로 옆에서 전기톱으로 뼈를 자르고, 소 혓바닥을 댕강댕강 썰었다. 핏물이 바닥으로 줄줄 흘렀다. 그렇게 많은 피를 봤어도 사람이 흘리는 피는 느낌이 달랐다. 얼핏 보기만 해도 몸서리가 났다.

"아이고, 수길아! 죽을 뻔했던 애가 이렇게 멀쩡하

게 살아나다니."

할머니가 수길 곁으로 엉금엉금 다가왔다.

"아이고. 아가. 무슨 암 환자마냥 머리를 밀었구나. 니 아빠는 어디 갔냐?"

할머니가 수길의 머리통을 만지며 물었다.

"도살장에 면접 보러 갔어요. 도살장 초⋯⋯."

"아, 아니요. 그, 그러니까 도살장 청소부요."

나는 얼른 수길의 말을 막았다. 몇 초만 늦었으면 도살장 초원에서 풀을 벤다고 말할 판이었다.

"그래. 너희 집에 좋은 일이 많구나. 축하한다. 죽을 뻔한 수길이가 살아나고, 실업자가 취직하고. 있잖니, 네 아빠 취직할 도살장 말이다. 옛날에 우리가 사업하던 데야. 아가, 너 피다방이라고 들어 봤냐?"

밤벌레 할머니가 수길에게 얼굴을 바짝 들이대고 물었다. 수길이 고개를 가로저었다.

"거기 도살장 자리에 내가 우리 영감이랑 하던 피다방이 있었어. 막 잡은 소가 쏟은 뜨끈뜨끈한 피를 한 대접씩 팔았지. 그거 한 달만 먹으면 폐병쟁이들이 다 나았다고."

밤벌레 할머니는 피 묻은 입술을 훔치듯 손바닥으

로 입을 쓸어내렸다.

"선지가 뜨거울 땐 거품이 바글바글해. 한번은 어떤 레슬링 선수가 그걸 몇 대접 마시고는 황소 한 마리를 그대로 기절시키고 소뿔을 뽑았잖아. 그때 마신 게 바로 우리 피다방 거라고. 이래봬도 내가 이십 년 전에 신문에 나온 사람이다."

수길은 입을 헤벌리고 할머니 얘기에 빠져 있었다. '막 잡은 소'가 무슨 뜻인지 물을 겨를도 없어 보였다. 정호도 나도 할머니가 들려준 얘기에 몰두해 있었다. 뜨끈뜨끈한 피를 마시고 소뿔을 뽑았다는 레슬링 선수 이야기는, 상숙에게 전해 들은 어떤 도축장 이야기보다도 강렬하게 나를 빨아들였다.

"그때는 돈을 한 자루씩 벌었는데, 무슨 위생인지 나발인지, 나라에서 피다방을 못 하게 하는 바람에 우리도 사업을 그만뒀지 뭐냐. 피다방 있을 때는 이 동네 폐병쟁이들은 병원 갈 필요도 없었어. 우리 다방이 병원이었지. 아이고, 이 황룡의원도 우리 피다방 없어진 덕에 먹고사는 거라고. 아, 죽기 전에 그 따끈따끈한 피 한 대접만 다시 먹어 보고 싶다."

할머니가 입맛을 다셨다.

"수길이도 따끈따끈한 피 먹고 컸으면 다치지 않았을 거다. 아참, 아가, 이 복숭아 간소메 먹어라."

밤벌레 할머니가 보퉁이에서 통조림을 꺼냈다.

"우와."

수길이 반색을 했다.

"감, 감사합니다."

나는 할머니가 사 온 복숭아 통조림을 들어 보았다. 녹이 슬거나 찌그러진 캔이 아닐까 의심을 하면서 찬찬히 보았다. 통조림은 멀쩡했다. 황룡제일슈퍼 가격표까지 떡 붙어 있었다.

'밤벌레 할머니가 웬일이지?'

밤이 다 썩어 벌레가 나도, 이웃에 한 톨도 주지 않는 사람이 밤벌레 할머니였다.

'아빠랑 수길이 다 먹어 치우기 전에 엄마가 와야 되는데.'

나는 벽시계를 올려다보았다. 4시 20분. 엄마는 6시까지 일하니까 거의 두 시간을 기다려야 했다.

"그거 아주 비싼 거다. 엄마 아빠한테 내가 사 온 거라고 꼭 말해라. 제일슈퍼에서 제일 존 걸로 달라고 했어. 너희끼리 다 먹어 치우지 말고. 아이쿠야, 용비

봉에서 첫꽃 먹다 바위에서 미끄러진 애는 수길이가
첨일걸. 나무를 베어 버린다니까 산신이 노했나? 아
이고, 허리야. 여기는 장판방이라 좋구만."

밤벌레 할머니가 벌러덩 누웠다. 할머니는 눕는 걸
좋아했다. 우리를 돌봐 준다고 와 있을 때도 그랬고,
골목 평상이나 돗자리에서도 누워 있을 때가 많았
다. 밤벌레 할망구가 우리 수길이 떨어졌다고 동네방
네 소문을 냈더라고. 뇌진탕 걸렸다고. 산신이 노했
다는 둥 말도 참 잘 지어내. 암만 그래 봐라. 자기 영
감탱이가 첫꽃 먹은 게 감춰지나. 엄마가 키득거리며
한 얘기가 떠올랐다. 엄마 말이 맞았다. 수길이 산에
서 구른 것보다, 밤벌레 할아버지가 해 뜨기 전에 산
에 올라 첫꽃을 먹었다는 게 더 놀라운 일이었다. 그
래도 고맙잖아. 덤불에 숨어 있었으면 안 들켰을 텐
데. 창피한 거 무릅쓰고 우리 수길이 병원까지 업고
와 줬으니. 아빠는 몇 번이고 할아버지에게 감사 인
사를 했다.

아빠가 감사할 일은 그뿐이 아니었다. 밤벌레 할아
버지는 아빠가 '반장 아줌마 빤쓰 훔친 사건'을 덮었
다. 첫꽃을 몰래 먹었다는 소문이 나서, 동네 최고의

변태가 되어 버렸기 때문이다. 손주 우유병을 빼어 먹은 인간보다 더한 말종이라고, 무슨 영감이 정력에 좋다고 첫꽃을 훔쳐 먹느냐고, 동네 사람들이 삼삼오오 모여 뒷말을 했다.

"수길아. 우리 영감이 그때 약수터에 가지 않았다면 너는 어쩔 뻔했니. 니가 복이 많아 거기서 우리 영감 같은 귀인을 만난 거다. 올해 너 운수대통이야. 우리 영감을 귀인으로 알고 살아라. 그런데 이 집은 생명의 은인 대접이 영 시원찮아. 수원아, 뭐 마실 거 없냐?"

"예?"

"어디 음료수 들어온 것 좀 내어 봐라."

할머니가 병실 구석을 기웃거렸다. 나는 할머니에게 줄 음료수가 있나 찾아보았다. 할머니의 피다방 이야기가 머릿속을 떠나지 않았다. 도살장 붉은 등 아래 한참 있다 나온 것처럼 눈앞이 붉은 잔영으로 어른거리는 것만 같았다.

"쌕쌕이나 넥타 있으면 내놔라."

할머니가 또 입맛을 다셨다. 하지만 있는 거라곤 주전자에 담긴 물뿐이었다.

"수길아, 선생님이 사다 준 음료수 다 먹었어?"

"응."

"그걸 다 먹어 치우면 어떡해."

"내가 다 먹은 거 아냐. 아빠가 더 많이 먹었어."

한숨이 나왔다. 나는 하는 수 없이 컵을 집어 들었다.

"할, 할머니, 죄송해요. 물이라도 드릴까요?"

"됐다. 이럴 줄 알았으면 쌕쌕이를 사 올걸."

밤벌레 할머니가 입맛을 다셨다.

"우리 영감이 네 생명의 은인이라 우리가 선물을 받아야 마땅하지만, 이웃사촌의 정이 있고 해서 특별히 복숭아 간소메를 사 왔다. 참 우리 영감이 어떻게 약수 뜨러 갔다가 널 만나서⋯⋯."

밤벌레 할머니가 기지개를 켜며 말했다.

"어? 아닌데. 할아버지 손에 약수통 없었어요."

수길은 자리에서 벌떡 일어났다. 나는 얼른 할머니 표정을 살폈다. 할머니는 잠깐 눈빛이 흔들리더니, 곧 빙긋 웃었다.

"너 다친 거 보고 놀라서 떨어뜨렸단다. 그 약수통 비싼 건데 말이다. 너를 살리느라고 우리 영감 힘쓰고, 통까지 잃어버리고 우리 집은 손해가 막심하다. 너 업고 허리가 뻐근해서 파스를 두 통이나 사서 붙였어. 내가 어려서부터 부잣집 딸로 커서 마음이 넉넉하니까 아무 소리 안 하는 거다. 웬만한 사람이었으면 파스값 내놓고 약수통값 물어내라고 난리 피웠을 거야."

할머니는 막힘없이 거짓말을 했다.

"이상하다. 거기 약수터 가는 길 아니에요. 정호 형, 거기 약수터 가는 길 아니었지?"

정호가 말없이 고개를 끄덕였다. 그러고는 고개를 들지 않았다. 어깨를 살짝 들썩이는 걸 보니, 웃음을 참는 것 같았다.

"운동 삼아 돌아간 거지."

할머니가 정호를 째려보았다.

"할아버진 수풀에 있다가 튀어나왔는데? 정호 형이 귀신인 줄 알고 깜짝 놀랐잖아. 맞지?"

수길이 고개를 갸우뚱했다. 정호는 고개를 숙이고 얼른 일어나서 병실 밖으로 나갔다. 웃음을 참기 힘든 것 같았다.

"그, 그러니까……."

할머니도 말이 막히는지, 나처럼 말을 더듬었다.

"어른이 약수터 가는 길이라면 길인 거지, 어디 목숨을 살려 준 할아버지한테 뒷말을 해 대나!"

밤벌레 할머니가 목소리를 높이고는 자리에서 벌떡 일어났다.

"제 목숨을 살려 줬다고요?"

수길이 할머니 얼굴로 바짝 다가오며 물었다.

"그래. 우리 영감 덕에 니 목숨이 지금 붙어 있잖아. 산신이 노해서 죽을 뻔한 걸 살려 줬더니 은혜도 몰라!"

할머니도 수길에게 바짝 다가왔다.

"그치만 나 죽을 뻔한 적 없어요. 횡단보도부턴 제가 걸어왔어요. 할아버지가 무겁다고 내리라고 해서. 정호 형, 어디 갔어? 정호 형, 형이 다 봤지?"

수길이 병실 문을 향해 소리쳤다. 밤벌레 할머니 얼굴이 잔뜩 일그러지더니 복숭아 통조림 쪽으로 고개를 돌린 채 한숨을 쉬었다.

'드시고 싶은 걸까? 아님 사 온 게 후회되나?'

나는 어떻게 해야 할지 몰라 둘의 얼굴을 번갈아 바라봤다.

"정호 혀엉! 밤벌레 할아버지 갑자기 수풀에서 튀어나왔지?"

수길의 목소리가 점점 커졌다.

"생명의 은인에게 밤벌레 할아버지가 뭐냐, 이 고얀 녀석들! 어쨌든 부모님 오면 일러라. 생명의 은인이 복숭아 간소메를 두 개나 사 들고 문병까지 왔다 갔다고! 니 집 식구들은 쌕쌕이 하나도 대접 안 했다고! 참 옛말에 머리 검은 짐승은 돌보는 게 아니라더니!"

할머니는 서둘러 신발을 신고 병실에서 나갔다.

"할머니, 안녕히 가세요."

문밖에서 정호 목소리가 들렸다. 할머니 발걸음 소리가 멀어지자 정호가 문을 닫고 들어왔다.

"으하하하하."

정호가 정신없이 웃었다. 그렇게 즐거워하는 정호는 처음 본 것 같았다.

"흐흐흐."

나도 따라 웃었다.

"우하하하."

수길도 웃었다.

"아, 머리 꿰맨 데 땅겨. 웃기지 마."

수길이 손사래를 치며 웃음을 참았다.

"내가 웃었냐. 밤벌레 할머니가 웃겼지."

정호는 아예 병실 바닥을 뒹굴며 웃었다. 눈물까지 흘리며 웃었다.

"형, 밤벌레 할머니 어떻게 집에 가는지 볼래? 할머니 되게 웃겨. 남들 보는 데선 쩔뚝거리고 혼자 있을 땐 멀쩡하게 걷는다."

수길이 말했다.

"어디서 할머니가 가는 걸 봐?"

정호가 물었다.

"음……. 옥상 가서 보자. 아빠가 옆 병실 사람한 테 들었는데, 사람들이 옥상에서 바람 쐬고 그런대."

"안 돼. 의사 선생님한테 들키면 어쩌려고."

나는 자리에서 일어서는 수길의 팔을 붙잡았다.

"잠깐 옥상에 올라가서 보고 오자. 수길이도 병실에만 있어서 답답할 거야."

정호가 눈가를 훔치며 말했다.

'어떡하지?'

조마조마했다. 병실에 있어야 한다는 마음과 옥상에 올라가 보고 싶은 마음 사이에서 갈팡질팡했다.

"수원아, 어서 와."

정호가 어느새 복도로 나가 손짓을 했다. 나는 못 이기는 척 자리에서 일어나 수길을 부축해 살그머니 밖으로 나갔다. 복도에는 붕대를 감은 팔을 치켜들고 창가에 우두커니 서 있는, 어떤 아저씨뿐이었다. 우리는 복도를 지나 계단으로 조심조심 올라갔다. 3층이랑 4층에도 입원실이 있었다. 4층을 지나 5층으로 가니 환자복과 이불, 침대 시트 같은 걸 보관하는 창고가 있었다.

"한 층 더 올라가야 돼."

정호가 위아래를 두리번거리며 말했다. 우리는 아무에게도 들키지 않고 무사히 계단 끝까지 올라갔다. 계단 끝에는 한 뼘쯤 철문이 열려 있었다.

"여기가 옥상인가 봐."

정호가 문을 조심스레 열었다. 우리는 옥상 문 밖으로 나갔다.

"우와."

길 건너 우리 동네가 한눈에 들어왔다.

"저기 저기, 밤벌레 할머니 간다."

우리 동네 쪽 길로 뒤뚱뒤뚱 걸어가는 할머니가 보였다.

"으흐흐흐."

정호가 다시 웃었다.

'그래도 선물 사 가지고 오셨는데. 할아버지는 우리 수길이 도와주셨는데. 아빠가 음료수를 다 먹어 치워서……'

한숨이 나왔다. 나는 밤벌레 할머니, 할아버지한테 조금 미안해졌다.

"야, 여기서 우리 동네 다 보인다."

정호가 말했다.

"진짜."

나는 우리 집이 어디쯤일까 가늠해 보았다. 소방서와 경찰서, 우리 집으로 가는 길, 용비봉 가는 길, 개천, 황룡동성당 꼭대기가 보였다. 멀리 우리 학교랑 용비봉도 보였다.

"용비봉은 보이는데 꽃 냄새는 하나도 안 난다."

정호가 말했다. 정말 그랬다. 원래 색에 다른 색을 덧칠한 것처럼 무언가 냄새를 덮어 버린 것 같았다.

"그러네. 수길아, 너도 꽃 냄새 안 나?"

내가 수길에게 물었다. 수길은 답이 없었다. 나는 고개를 돌렸다. 수길은 내 옆에 없었다. 내가 선 곳에서 대각선 방향에 있는 난간에 기대서서, 멍하니 무언가를 응시하고 있었다. 나는 수길이 있는 쪽으로 갔다.

"수길아, 저쪽에 우리 동네가 다 보이는데 여기서 뭐……."

나는 입을 벌린 채 말을 멈췄다.

"누, 누나. 여기가 어디야?"

"……."

수길이 본 것은 도축장이었다. 병실에서는 블록 벽에 가려져 보이지 않던, 부산물 시장이 감싸고 있는 진짜 도축장이었다. 우리는 태어나 처음으로 도축장의 살풍경을 내려다보고 있었다. 꾸에엑, 꾸에엑. 끌려가지 않으려고 소가 발버둥 쳤다. 옆에 있던 사내가 쇠꼬챙이를 불에 달궜다. 그러고는 버티는 소의 다리에 쇠꼬챙이를 댔다. 꾸왁, 꾸왁. 불에 덴 소는 비명을 지르다 다리를 풀썩 꺾었다. 그 틈을 타 사내들이 소를 끌고 갔다. 오줌을 줄줄 흘리며 버티는 소를 건장한 사내가 들고 있던 막대로 세게 내리쳤다. 꾸에엑, 스으윽, 꾸에엑, 스으윽. 전기톱 소리와 죽으러 가는 소의 비명이 엇박자로 이어졌다.

마당 한쪽 구석으로 트럭이 들어오고, 아저씨들이 지붕 아래부터 트럭까지 일렬로 섰다. 아저씨들이 속이 꽉 찬 포대를, 수박을 나를 때처럼 던지고 받았다. 포대 틈으로 비죽 튀어나온 돼지 귀가 보였다. 어이, 어어이, 어이, 어어이. 아저씨들이 부르는 노동요인지, 무게를 견디지 못한 신음인지 알 수 없는 소리가 비명과 뒤섞여 내 귀에 박혔다. 어이, 어어이, 어이, 어어이.

"누나, 여기가 어디야?"

"……."

수길의 눈을 가리고 싶었다. 돌아가고 싶었다. 조금 전 옥상에 올라가고 싶다고 말하던 순간으로.

"수길아. 여기가 도살장인 것 같다."

어느새 곁에 선 정호가 말했다.

"도살장? 서울부산물?"

수길이 되물었다.

"아니, 서울부산물은 부산물을 파는 시장에 있고, 여긴 진짜 도살장이야."

"형이 그걸 어떻게 알아. 도살장엔 초원이 있다고 아빠가……."

수길이 로봇처럼 높낮이 없는 말로, 천천히 말했다.

"수길아, 도살장에 초원 같은 건 없어. 송아지 카우보이도 없어. 죽은 동물한테 묵념하는 사람 아무도 없어. 동물 죽여서 고기랑 뼈를 얻는 데가 도살장이야."

정호가 또박또박 말했다.

"아아아아아!"

수길이 울면서 자리에 주저앉았다. 다리가 풀썩 꺾였다. 나는 난간을 붙잡은 팔에 힘을 주고 도살장을 바라보았다. 도살장은 높다란 시멘트 블록 벽으로 에워싸여 빈틈이 없었다. 그런데 지붕이 쳐 있지 않은 곳이 많아 위에선 훤히 볼 수 있었다. 위에서 내려다본 도살장의 모습은 허술하기 짝이 없었다. 부끄럽고 남루하고 끔찍한, 모든 것을 가리지 못하고 사는, 길가의 우리 집 같았다.

"우리 수원이, 우리 수길이, 우리 정호! 우리 새끼들 여기 있네! 아빠가 풀빵 사 왔는데."

아빠가 철문 밖에서 고개를 내밀고 해사하게 웃었다.

"아빠, 내려가. 그냥 내려가!"

나는 힘껏 소리쳤지만 아빠는 계속 싱글거렸다.

"우리 수원이 이 녀석! 동생 울리다가 아빠한테 딱 걸렸구나. 오늘은 특별히 봐준다. 아빠가 도살장 초원 관리원으로 떡하니 붙었으니. 수원아, 수길아. 오늘은 아빠가 정식 직원 된 날이다."

"으아아아아!"

수길이 더 큰 소리로 울었다. 어리둥절해진 아빠가 수길을 달래러 다가왔다. 그리고 이내 눈앞에 펼쳐진 도축장을 바라보았다. 아빠는 손에 쥔 풀빵을 툭 놓쳤다. 아빠 얼굴이 일그러졌다. 운전수 마누라에게 소금 세례를 받던 엄마만큼 참혹했다. 나는 더 이상 아빠 얼굴을 볼 수가 없었다. 그 무엇도 상상할 수 없을 것 같은 막막한 시간이 그렇게 천천히 흘러갔다.

6
구민 체육 센터

정호네, 벌 치는 아저씨들, 망태 할아버지들,
그리고 우리 동네 아이들과 어른들이 기대 살던 숲이
뿌리까지 뽑히는 순간이었다. 하지만 모여 선 사람들은
슬퍼 보이지 않았다.

"수원 엄마, 여행 가방 좀 맡아 줘."

상숙이 엄마가 바퀴 달린 가방을 우리 집 부엌으로 밀고 들어왔다.

"안에 든 게 뭔데?"

엄마가 가방을 번쩍 들어 내 방으로 옮겼다. 낯이 익었다. 상숙이네 장롱과 천장 틈새에 늘 박혀 있던 빛바랜 남색 가방. 우리 집에도 그런 여행 가방이 있었다. 여름엔 겨울옷을, 겨울엔 여름옷을 좀약과 함께 넣어 두는 빛바랜 검정 가방.

"우리 집 귀중품. 피난 보따리 싼다 생각하고 제일 중요한 것만 담았어. 오늘 아카시아 뽑는 공사 시작한대."

상숙이 엄마가 손등으로 땀을 훔쳤다. 아줌마는 설레 보였다. 오래 기다려 온 여행을 떠나는 사람처럼 목소리도 들떠 있었다.

'진짜로 숲이 없어지는구나.'

나는 슬그머니 창가로 가서 용비봉 쪽을 바라보았다. 아카시아 나무는 일주일 만에 모두 베어졌다. 짬뽕 숲에 있던 진달래나무, 참나무, 소나무, 귀룽나무, 산벚나무도 다 사라졌다. 나무를 베는 동안 상숙이네 담장엔 부쩍 더 금이 갔다. 숲과 마주한 집이 전부 다 그랬다. 뿌리는 아직 건드리지도 않았는데 금이 가는 걸 보면, 뿌리 뽑을 때 그 아랫집들이 다 무너질 거란 소문이 파다했다. 구민 체육 센터를 짓느라고 그렇게 된 거니까 구청에서 보상금을 줄 거란 얘기도.

　"오늘 광복절인데?"

　"공일이라 낫지. 애들 아빠 쉬는 날이잖아. 집이 갑자기 무너지면 나 혼자 어떡하겠어."

　"이것만 치우면 돼? 나머지 살림살이는 어쩌려고."

　"그것도 보상금이 나온대. 집 살 때 새로 산 살림살이도 없고, 이참에 보상받는 게 나을 것 같아."

　"집 무너지면 갈 데는 구했어?"

　엄마가 물 한 컵을 건네며 말했다.

　"옆집 사람 말로는, 집이 무너지면 구청에서 여관비를 준대. 집을 짓는 동안 방 얻을 돈은 따로 주고. 그 돈에 맞춰서 구해야지."

"집 짓는 덴 얼마나 걸린대?"

"단층집은 석 달이면 지을 수 있대. 우리는 2층으로 올릴 거니까 더 걸리겠지? 수원 엄마, 바빠서 이만 가 볼게. 여관에 있을 땐 가방 찾으러 못 올 거야."

나는 엄마를 따라 골목으로 나와 상숙이 엄마를 배웅했다. 상숙이 엄마는 사뿐사뿐 잰걸음으로 골목을 빠져나갔다. 나는 곧 땅 위로 드러날 아카시아 뿌리를 상상했다. 도로 밑으로 뻗어 나가 5미터나 떨어진 집터까지 파고든 엄청난 뿌리를 마주할 순간이 다가오고 있었다.

"수원아, 우리 수길이는?"

아빠가 화장실에 다녀오며 물었다.

"정호랑 공 차러 갔어요."

도살장을 내려다본 다음부터, 수길은 부쩍 말수가 줄었다. 나는 그런 수길이 낯설고도 걱정스러웠다. 아빠는 틈만 나면 수길을 붙잡고 도살장 얘기를 하려고 들었다. 우리 도축장에선 말이다. 동물을 최대한 덜 아프게 죽이려고 노력해. 망치로 이마 한가운데를 때려서 한 번에 기절시킨 다음에 도살해. 기절한 다음이라 아픈 것도 모르고 죽지. 수길은 도살장에 대해

서라면 어떤 얘기도 듣기 싫은 눈치였다. 아빠가 쉬는 날이면 아침만 먹고 어디론가 나가 버렸다.

"우리 수길이 벌써 사춘긴가. 벌써부터 지 애비를 피하고 말이야."

아빠는 혹시 수길이 있나 골목을 기웃거리다가 집 안으로 들어갔다. 아빠가 마음껏 얘기할 수 있는 건 밥 먹을 때뿐이었다. 우리 도축장은 물 먹인 소 안 받는다. 빠꾸시켜 버려. 어쩔 수 없이 도축하지만, 최대한 덜 괴롭히려고 애쓴다고. 물 먹인 소는 눈 뜨고 못 본다. 눈은 시뻘겋게 충혈되고 귀랑 다리까지 퉁퉁 부어 있지. 도축장이 초원이라고 우기던 아빠는, 이 제 황룡동 도축장이 동물의 고통을 깊이 고민한다고 우겼다. 수길은 부산물을 입에 대지 않았다. 그렇게 좋아하던 막창을 구워 줘도 소용없었다. 용돈을 준다고 구슬러 봐도 꿈쩍도 하지 않았다.

"상숙이네는 웬 횡재야. 연립주택 살 돈으로 마을 끝에 허름한 집 하나 샀는데, 거기 체육 센터랑 아파트가 들어올지 누가 알았어. 1층엔 가겟방이랑 셋방 하나 들이고, 2층에 상숙이네가 살 거래."

엄마는 계속 상숙이 엄마가 사라진 골목을 보고

있었다.

"엄마, 상숙이네 그럼 가게 해?"

"응, 족발 장사 그만두고 1층 가겟방에 슈퍼마켓 차린대. 체육 센터에 여러 사람 드나드니까, 음료수 같은 것도 잘 팔릴 거야."

"아."

"남의 자식 귀하게 잘 키우더니, 상숙이 엄마 복받는다."

엄마가 가방 손잡이를 만지작대며 말했다.

상숙도 자기 엄마만큼 들떠 보였다. 몇 달째 나를 본체만체하더니, 웬일로 다가와 말을 걸기도 했다. 우리 엄마 인제 도살장 앞에서 장사 안 할 거야. 생강 장수한테 솥까지 다 넘겼어. 상가 주택 지어서 슈퍼 차릴 거거든. 슈퍼가 잘되면 아빠도 돼지머리 공장 그만둔대. 상숙에게선 여전히 비릿한 냄새가 났다.

"수원아, 너 우리 정구나 정호 봤니?"

정호 엄마가 커피 수레를 끌고 나오며 물었다.

"정호랑 수길이는 아까 공 차러 갔어. 정구는 못 봤고."

엄마가 말했다.

"아이고."

정호 엄마가 수레를 힘껏 잡아당겼다. 바퀴가 대
문턱에 걸려 넘어오지 않았다. 엄마가 달려가서 함
께 수레를 당겼다. 그제야 겨우 골목 밖으로 나왔다.

"정호 엄마, 이걸 끌고 어디 가려고?"

엄마가 수레에 실은 것들을 둘러보며 물었다.

"공사하는 사람들이 좀 사 먹을까 해서. 한 푼이라
도 벌어야지."

정호 엄마는 부쩍 야위어 보였다.

"공사하는 사람들 얼마나 된다고. 팔다 남으면 버
려야 하는데."

엄마가 한숨을 쉬었다.

"그래도. 공사하는 사람도 있고, 공무원들도 왔다
갔다 하지 않겠어?"

"그럼 애들더러 집에 있으라고 하지. 정호 엄마 혼
자 이걸 어떻게 끌고 가려고 그래."

"오늘 장사할 생각이 없어 그랬지. 그런데 아침에
두부 사러 슈퍼에 갔더니, 덤프트럭이 용비봉 쪽으로
올라가더라고. 공사하는 사람들한테 차를 팔아야겠
단 생각이 번득 들지 뭐야."

"수원아, 니가 수레 밀어 드리고 와."

엄마가 내 등을 떠밀었다. 나는 얼른 수레 뒤를 잡았다.

"고맙다. 아침 먹었니?"

"예."

"아가씨가 힘을 써서 어떡해."

"괜찮아요."

정말 괜찮았다. 선지 들통에 비하면 수레를 미는 건 누워서 떡 먹기였다.

"부산물 얻어먹고, 수레 밀어 주고, 너희 식구들 신세를 많이 지고 산다. 은혜를 언제나 갚을지······."

아빠가 취직을 한 다음부터 우리 집엔 다시 내장이랑 선지가 풍족해졌다. 먹고 남아 정호네와 나눌 수 있게 되었다. 우리 집에도 넉넉한 게 있어 뿌듯했다. 니네 아빠 덕분에 나 이번 주에 도살장에 한 번도 안 갔다. 정구 오빠는 학교 가는 길에 나를 보고 씩 웃었다. 우리 아빠가 누군가에게 '덕분에'가 될 수 있어서, 그 누군가가 정구 오빠라서, 나는 기뻤다.

"정호 엄마, 인제 약수터 못 올라가잖아?"

가게 앞 평상에 누워 있던 밤벌레 할머니가 정호

엄마를 불러 세웠다.

"공사하는 사람들한테 팔아 보려고요."

정호 엄마가 숨을 몰아쉬었다. 그새 숨이 찬 것 같
았다.

"이야, 저게 다 밤나무였어 봐. 구청에서도 못 밀지.
나무는 그저 밤나무가 최고야. 밤 따 먹고, 밤송이는
말려서 불 때고, 밤꿀 받고. 우리 친정 동네 가서 밤
꿀 받아 꿀차 장사하면 잘될 거야. 그 동네 사람들 주
머니는 가난뱅이 황룡동 사람들하고는 비할 수 없이
두둑하다고."

"예."

정호 엄마가 갑자기 속도를 냈다. 밤벌레 할머니한
테 잡혀서 지루한 밤나무 과수원 얘기를 들어야 할
까 봐 그러는 것 같았다.

골목을 빠져나와 용비봉 쪽으로 방향을 틀었다.
건너편 전파사 앞에서 안전모를 쓴 아저씨가 교통정
리를 하고 있었다. 휘룩 휘룩. 호루라기를 불면서 수
신호를 했다. 큰 기계가 움직이는 소리와 진동이 점
점 커졌다.

"아줌마!"

건너편에 있던 아저씨가 우리들에게 달려왔다.

"계속 호루라기 부는데 막 가면 어떡해요."

아저씨가 수레를 확 끌어 길 가장자리에 붙였다.

"어어."

정호 엄마는 앞으로 고꾸라질 뻔하다 겨우 중심을 잡았다. 진동과 소음이 점점 커지더니, 눈앞으로 내키만 한 바퀴가 굴러갔다.

"우와."

엄청나게 큰 덤프트럭이었다. 소를 싣고 도살장으로 들어가는 트럭보다 훨씬 컸다. 덤프트럭은 누런 먼지랑 매연을 뿜으며 산 쪽으로 갔다.

"오늘 장사 공치면 당신네들이 책임질 겨? 물건 하나도 못 내놓고 벌써 10시가 넘었는디."

과일 가게 할머니가 호루라기 아저씨에게 삿대질을 했다.

"할머니, 이 길은 할머니 게 아니에요. 구청이 땅주인이라고요. 할머니가 주인 허락도 없이 무단 점거하고 살면서 뭔 말이 많아요. 구청 땅으로 구청에서 필요한 차가 가는 겁니다!"

호루라기 아저씨도 언성을 높였다.

'구청이 땅 주인?'

길에 주인이 있다는 게 낯설었다. 길은 그냥 모두의 것인 줄 알았다. 우리 동네에서는 그 길가에 사는 사람이 약간의 특권처럼 궤짝을 내놓고 채소를 기르거나 마땅히 둘 데가 없는 자전거나 드럼통 같은 걸 내놓기도 했다. 한여름 골목길은 잠자는 곳으로도 쓰였다. 좁은 방에서 여럿이 자야 하는 집은 아버지가 접이식 침대를 길에 펴고 잠을 잤다. 가게 앞 평상은 맑은 여름날 노인들의 잠자리가 되었다. 길에 여럿이 모여 돗자리를 펴고 함께 부업을 하거나 부침개를 만들어 먹는 건 흔한 풍경이었다.

"수원아, 좀 쉬었다 가자."

정호 엄마가 과일 가게 옆 골목으로 수레 방향을 틀었다. 어느 집 대문간에 수레를 세우고, 바닥에 쪼그리고 앉았다.

"휴. 커피랑 꿀차를 가득 채웠더니 무겁네."

정호 엄마는 오래달리기라도 한 사람처럼 헐떡거렸다.

'다 팔 수 있을까? 사람들이 많아야 되는데.'

나는 정호 엄마 옆에 나란히 쪼그리고 앉았다. 정

호 엄마의 옆모습이 예뻤다.

'아저씨는 이렇게 예쁜 아줌마를 두고 어디로 갔을까?'

세상엔 이해할 수 없는 사람이 너무나 많았다. 빤 쓰를 훔치는 우리 아빠, 썩혀 버릴 거면서 절대 밤을 나눠 먹지 않는 밤벌레 할머니, 거짓말을 밥 먹듯 하는 영미, 공짜로 운동할 수 있는 산을 밀고 체육 센터를 짓는 사람들, 선지 받아다 먹는 걸 손가락질하는 사람들……. 그중에서도 가장 이해할 수 없는 사람이 정호 아빠였다.

정구가 제 고모한테 물어서 아빠가 일하는 데로 찾아갔더래. 돈 내놓지 않으면 간통죄로 넣어 버린다고 난리를 쳤다나 봐. 아빠가 사장한테 가불을 받아서 한 달 월급을 줘서 보냈더래. 어젯밤 엄마가 아빠 귀에 대고 말했다. 그래도 다 들렸다. 엄마 목소리는 우리 집 흑백 텔레비전처럼, 소리를 줄이는 데 한계가 있었으니까.

순해 보이는 놈이 그런 강단이 있구만. 제 엄마 장사 못 하게 되니까 눈앞이 캄캄했나 보네. 우리 정호 엄마 든든하겠어. 아빠는 평소 크기로 말했다.

쉿, 애들 들어. 정호 엄마 속상하대. 부모가 잘못 살아서 정구를 독하게 만들었다고. 엄마는 또 다 들리게 말했다.

"수원아, 니네 아빠 취직해서 좋지?"

정호 엄마가 끙 소리를 내며 일어났다.

"예."

"아빠는 월급 타고, 엄마도 일당 괜찮은 거 잡고. 이제 너희 집도 상숙이네처럼 형편이 나아질 거야."

아줌마가 수레 손잡이에 몸을 넣고 수레를 큰길 쪽으로 돌렸다.

"우, 우리 엄마 그 일 이제 못 한대요."

"왜?"

"그러니까…… 공장에 팥 씻는 기계가, 들어와서요."

"기계가 사람처럼 팥을 씻는다고?"

"예."

"그럼 어떡하니? 언제까지 나간대?"

"이, 이번 달까지요. 다시 도, 도살장으로 간대요."

엄마는 빵 공장을 좋아했다. 빵 공장은 여름에 에어컨을 틀어 주고, 겨울엔 난방이 되었다. 일하는 사람 때문이 아니고 빵 때문이라고 했다. 너무 추우면 재료가 얼고 너무 더우면 빵이 쉬니까. 빵 공장엔 팥 씻는 기계 말고도 여러 가지 기계가 들어와서 일당 받으며 일하던 사람들은 모두 그만두게 되었다.

'엄마까지 도살장 다니면 우리 집 벽지에도 그 냄새가 밸까?'

마음이 무거워졌다. 퇴근하고 돌아온 아빠에게선 도살장 냄새가 났다. 온몸을 씻고 새 옷으로 갈아입어도 그랬다. 냄새는 폐 깊은 곳에 박혀서 아빠가 숨을 내쉴 때 묻어 나오는 것 같았다. 수길이랑 나는 학교 가는 길에 옷자락을 당겨 코에 대 보는 게 습관이 되었다.

"힘들지?"

정호 엄마는 또 숨이 찬 것 같았다.

"아뇨."

정말 아무렇지도 않았다.

'그냥 내가 끌까?'

수레를 혼자 끌어 본 적은 한 번도 없었다. 그래도 할 수 있을 것 같았다. 후룩후룩. 또 호루라기 소리가 들렸다. 아까 본 사람은 아니었다. 아줌마가 수레를 길가로 바짝 붙였다. 진동과 소음이 점점 커졌다. 나는 고개를 돌려 보았다. 이번엔 덤프트럭이 아니었다. 포클레인이었다. 우리 동네 공터에 집을 지을 때 쓰던 포클레인보다 세 배쯤 컸다.

"휴."

정호 엄마가 다시 길가에 주저앉았다. 나는 얼른 수레 손잡이 속으로 몸을 넣었다.

"엄마야! 수원아……."

정호 엄마가 벌떡 일어났다.

"제가 끌게요."

손잡이를 두 손으로 꽉 잡고 힘을 주었다. 예상보다 수레가 가벼웠다. 나는 뒤를 돌아보았다. 정호 엄마가 수레를 민 것도 아니었다.

"밀지 말고 그냥 오세요."

나는 한 걸음씩 앞으로 나갔다.

"미안해서 어떡하니."

"아니에요. 아줌마, 근데 다른 날보다 통을 덜 채웠어요?"

"아니. 가득 채웠는데."

"아."

수레를 끌면서 끙끙대던 정구 오빠가 떠올랐다.

'이 정도를 끙끙댔으면서 선지 들통은 어떻게 들었을까?'

답답했다. 정구 오빠, 정호 엄마, 정호 모두 약한 사람들이었다. 그들에게 벅찬 문제들이 나한테는 별게 아니기도 했다. 모든 것이 헛된 건 아닌 듯했다. 어렵지 않게 수레를 밀고, 보상금을 받아 새로 집을 짓는 일을 헛되다고 말할 수 있을까?

"수원아, 넌 정말, 천하장사구나. 수레 밀고 가는 네 걸음이, 나보다, 빨라."

아줌마는 가만히 걸어도 숨이 찬 것 같았다.

"이제 제가 계속 밀어다 드릴게요."

"오늘로 끝인걸. 이 수레, 우리 방 보증금만큼 비싼 건데, 팔아야 할지도 몰라……."

아줌마가 띄엄띄엄 말을 이어 갔다.

"수원아, 여기 세워."

신용비분식 앞에 수레를 세웠다. 방학이라 그런지 분식점 서터가 내려가 있었다. 용비봉 앞은 생각보다 북적였다. 안전모를 쓴 사람보다 구경하는 사람이 더 많았다. 덤프트럭 세 대가 우리 학교 진입로에 줄지어

서 있고, 아카시아 숲으로 들어가는 길에는 포클레인
두 대가 떡하니 버티고 있었다. 정호 엄마가 사람들
이 메뉴판을 볼 수 있게 수레 방향을 돌렸다.

냉커피 300원

보리냉차 100원

용비봉 아카시아 냉꿀차 400원

신용비분식은 상숙이네 집만큼이나 용비봉과 가
까웠다. 뿌리 뽑는 공사가 시작되면 무너질 수도 있
었다.

"아줌마, 여기 위험하지 않아요?"

"위험해지면 그때 옮기면 돼."

정호 엄마는 수레 옆에 매달아 놓은 주머니에서 쟁
반이랑 종이컵을 꺼냈다.

"수원아, 고맙다. 이제 그만 가 봐."

"괜찮아요."

나는 거기 있고 싶었다. 아카시아 뿌리가 뽑히는
걸 볼 수 있는 아주 좋은 자리였다. 정구 오빠랑 정호
도 없이 아줌마 혼자 있는 것도 마음에 걸렸다.

"냉커피 주세요."

어떤 아저씨가 백 원짜리 동전 세 개를 내밀었다.

"네."

정호 엄마가 반색을 하고 돈을 받았다. 그러고는 능숙하게 보온통 뚜껑을 열고 냉커피 한 국자를 퍼냈다. 수레엔 보온통 세 개가 박혀 있었다. 겨울엔 거기에 뜨거운 물만 가득 부어 두었다가 그때그때 커피랑 꿀차를 만들어 팔았다.

'아저씨가 마수걸이네.'

마수걸이에 덤을 주면 재수가 없다는 서울부산물 아줌마 얘기가 떠올랐다.

"감사합니다."

정호 엄마가 아저씨에게 커피를 건넸다. 커피는 딱 약수터에서 주는 만큼이었다. 덤을 준 것 같지는 않았다.

"엄마, 꿀물 사 줘."

어떤 아이가 제 엄마를 끌고 왔다.

"가만있어 봐라. 꿀물 한 잔. 그리고 냉커피 두 잔 주세요."

아이 엄마가 천 원짜리를 내밀었다.

"꿀물은 제가 따를게요."

나는 보온통에서 꿀물 한 국자를 퍼냈다. 약수터에 놀러 갔다가 정호 엄마를 도운 적이 있어서 어렵지 않았다. 꿀물로는 마수걸이라, 아줌마가 약수터에서 따르던 딱 그만큼만 줬다. 덤프트럭 한 대와 포클레인 한 대가 더 올라왔다. 그리고 사람들이 계속 모여들었다. 용비봉 앞은 어느새 첫꽃날처럼 북적거렸다. 사람들은 줄 서서 음료수를 샀다. 가져온 게 금세 동이 나려 했다.

'상숙이네 집에 보리차 있을 텐데.'

나는 얼른 상숙이네 집으로 뛰어갔다. 상숙이네 식구들이 나란히 담장 앞에 서 있었다.

"아줌마, 시원한 보리차 있어요?"

"왜?"

"정호네 보리차 가져온 게 떨어져서요. 좀 주세요."

"상숙아, 보리차 주전자째로 수원이 줘라. 냉동실에 있는 얼음도 다 거기 넣어."

아줌마가 상숙을 대문 안으로 밀어 넣었다. 나는 상숙을 따라 부리나케 집 안으로 들어갔다. 상숙은 나랑 둘이 있는 게 어색한지 말없이 냉장고에서 얼음

246

을 꺼내 주전자에 넣었다.

"같이 들어 줄까?"

상숙이 공연히 엉뚱한 데를 보면서 물었다.

"아니."

오랜만에 와 본 상숙이네 집을, 마지막으로 천천히 둘러보고 싶었지만 시간이 없었다.

"감사합니다."

나는 상숙이 엄마한테 꾸벅 고개를 숙였다.

"수원이가 장사를 잘하는구나. 장사를 하니까 말도 잘하네."

상숙이 엄마가 빙긋 웃었다.

'아.'

그랬다. 나는 말을 잘하고 있었다. 음료수 장사를 하는 동안 내가 말을 더듬는 걸 까먹고 있었다.

"아줌마, 이거 팔아요."

나는 상숙이네 주전자를 수레 위에 올려놓았다. 공사가 본격적으로 시작되면 길이 흔들리고 집이 무너져, 장사를 하기는 어려울 것이었다. 언제 다시 올지 모를 기회를 놓치는 게 안타까웠다.

"꿀차 한 잔 줘요."

낯익은 아저씨가 백 원짜리 동전 네 개를 내밀었다. 영미 아빠, 칼갈이 최 씨였다.

"예, 마지막이네요."

정호 엄마가 통을 흔들어 마지막 꿀물을 컵 가득 채워 주었다.

"잘 먹겠습니다."

최 씨가 공손하게 인사를 했다. 칼 갈아아 칼, 할 때와 완전히 다른 사람 목소리 같았다. 최 씨는 꿀물을 들고 사람들 속으로 사라졌다.

용비봉 앞은 점점 더 북적댔다. 한여름 태양빛과 사람들이 내뿜는 열기가 점점 더 뜨거워졌다. 정호네 음료수는 날개 돋친 듯 팔려 나갔다.

"엄마!"

정구 오빠가 사람들을 헤치고 수레로 다가왔다.

"여기서 뭐 해? 수원이 엄마가 여기 어디 있을 거래서……."

오빠는 거친 숨을 몰아쉬었다. 수레를 찾아 뛰어온 것 같았다.

"공사하는 사람들한테 팔아 볼까 해서 나왔는데, 구경꾼들이 많아서 잔뜩 팔았다. 수원이가 상숙이네 뛰어가서 보리차도 한 주전자 얻어 왔다."

"……."

정구 오빠가 숨을 고르며 나를 보았다. 나를 보고 웃었다. 간통이며 협박 같은 말은 입에 올릴 줄도 모르는 착한 소년처럼, 황룡의원 옥상에서 도살장을 내려다보기 전 수길처럼, 천진한 얼굴이었다.

'정말 정구 오빠가, 바람난 아버지를 간통죄로 감옥에 넣을 거라고 협박했을까?'

믿을 수가 없었다. 나는 수길을 때린 적이 있지만, 정구 오빠는 정호를 때린 적이 없었다. 욕도 안 했다.

"정구야, 우리 수원이는 장사 머리가 보통이 아니더라. 힘도 천하장사고."

정호 엄마는 자꾸만 내 칭찬을 했다.

"원래 수원이가 먹고사는 데 소질이 있어."

정구 오빠가 머리를 긁적이면서 말했다.

"어, 이제 시작하네."

사람들이 웅성거리기 시작했다.

"엄마, 우리 저기 올라가서 볼까?"

정구 오빠가 학교 진입로 쪽을 가리켰다.

"그래, 이제 보리차까지 다 떨어졌다."

정호 엄마는 수레 위를 정리했다. 정구 오빠가 수레를 끌고 진입로 쪽으로 올라갔다. 나는 상숙이네 주전자를 들고 따라갔다. 상숙이네 집이 무너지면 멀쩡하게 살아남을 물건은 우리 집에 맡긴 귀중품이랑 내 손에 든 양은 주전자뿐이었다.

"이제 진짜로 다 없어지는구나."

정호 엄마가 한숨을 쉬었다. 오랫동안 정호네, 벌치는 아저씨들, 망태 할아버지들, 그리고 우리 동네 아이들과 어른들이 기대 살던 숲이 뿌리까지 뽑히는 순간이었다. 하지만 모여 선 사람들은 슬퍼 보이지 않았다. 새집을 얻게 된 산 아랫집 사람들은 그렇다 치고, 공짜 뒷산이며 첫꽃을 다 잃어버린 동네 사람들까지 재미난 볼거리를 기다리는 얼굴이었다.

"우와."

여기저기서 함성이 터졌다. 포클레인 세 대가 숲을 향해 커다란 삽날을 내리기 시작했다. 집 앞에 서 있던 사람들이 이쪽으로 우르르 몰려왔다. 상숙이네 식구들도 함께 움직였다. 상희 언니가 넷 중 제일로 잽쌌다. 조그만 언니가 터 주는 길로 키 큰 나머지 식구들이 따라왔다.

"수원아."

언니가 손을 흔들었다. 달뜬 얼굴이었다.

"수원아, 우리 뉴서울아파트로는 못 가고 집을 다시 짓게 됐어."

"응."

"그래도 좋아. 우리 엄마 추운 데서 고생 덜 하니까. 이제 가게 할 거거든."

나는 처음 듣는 것처럼 얘기를 들어 주었다. 다행이었다. 언니는 뉴서울아파트만큼 새집이 마음에 드는 것 같았다. 상희 언니에게도 드디어 좋은 게 생겼다. 번듯한 새집과 고생 덜 하는 엄마.

"상숙이 엄마, 축하해. 이층집 짓는다면서."

"뭘."

정호 엄마 인사에 상숙이 엄마는 애써 기쁨을 감추었다. 숲이 사라지면서 정호네는 먹고살 길이 막막해졌고, 상숙이네는 부자가 되었다. 언젠가 도살장이 사라지면 우리 집도 막막해질 것이다.

'도살장이 없어질 때도 상숙이네처럼 부자가 되는 사람이 있을까?'

혹시 그런 사람이 생긴다면, 서울부산물 아줌마면

좋겠다는 생각이 들었다.

"어어어, 뽑힌다."

우지직 소리를 내며 아카시아 나무 그루터기가 땅에서 떨어지기 시작했다. 그리고 수십 년 동안 흙 속에 있던 뿌리가 서서히 드러났다. 뿌리는 희었다. 흰 뿌리와 함께 둥치 근처에 남아 있던 푸른 잎이 솟아올랐다가 낙엽처럼 푸르르 떨어졌다.

삽날이 닿자 뿌리가 가뿐하게 뽑혀 올라왔다. 밑동은 아무런 저항 없이 트럭 짐칸으로 툭 떨어졌다.

"저건 병든 나무였나 봐."

상희 언니가 입을 열었다. 포클레인이 또 다른 밑동을 찍었다. 이리저리 찍어도 꿈쩍하지 않았다.

"저 봐. 아카시아가 저렇다니까."

여기저기서 웅성거렸다.

"뒤로 물러나세요. 땅 꺼질지도 모릅니다."

아저씨 하나가 진입로 난간에 선 사람들에게 말했다. 포클레인이 다시 아카시아 밑동을 찍었다. 그러자 이번에는 단숨에 뿌리가 딸려 올라왔다.

"허어!"

희고 가는 뿌리는 툭툭 끊어지며 바닥으로 떨어졌

다. 가느다란 뿌리 하나가 번쩍 치켜든 삽날에서 떨어지며 그네 뛰듯 경쾌하게 공중을 날았다.

"어어, 저게 뭐야!"

사람들이 웅성거리기 시작했다. 다음도, 그다음도 아카시아 뿌리는 쉽게 제거됐다. 믿을 수 없었다. 저 짧고 가느다란 뿌리로 높은 기둥을 지탱하고 그 많은 꽃과 잎을 피워 올렸다는 걸. 5학년 담임이 증오하던 아까시나무는 이리도 여린 것이었다.

"트럭 운전수들 말이 맞았어. 날림으로 담을 쌓아서 큰 트럭 지나는데 금이 간 거라고. 뿌리 뽑을 땐 아무렇지도 않을 거라더니."

"그럼 집도 날림으로 지어서 금이 간 거구만. 구청에서 담만 새로 쌓아 준다는데, 다 낡아 빠진 집에 새 담을 두르면 볼썽사납겠어."

"에이, 볼 것도 없구만, 내려갑시다."

한데 모여 구경하던 아저씨들이 발길을 돌렸다.

아카시아 나무뿌리 하나가 공중을 날다가 상희 언니 앞에 툭 떨어졌다. 상희 언니는 한참을 말없이 뿌리를 내려다보았다. 그러고는 몸을 굽혀 그 뿌리를 집었다. 언니는 양손으로 뿌리를 잡아당겼다. 뿌리는 툭 하고 손쉽게 끊어졌다. 언니가 뿌리를 바닥에 내동댕이치고는 발로 짓이기기 시작했다.

"아이고, 이게 무슨 날벼락이야."

상숙이 엄마가 힘없이 주저앉았다. 상숙이 울었다. 상숙이 아빠가 상희 언니를 꽉 끌어안았다.

"다들 일어나. 집에 가자."

상숙이 아빠는 상희 언니를 번쩍 들고 집 쪽으로 내려갔다.

나는 슬그머니 몸을 굽혀, 상희 언니가 짓이긴 뿌리를 들어 올렸다. 뿌리는 도라지보다 희고 가늘었다. 나는 뿌리를 들고 진입로 난간 쪽으로 갔다. 그러고는 숲이 있던 자리로 힘껏 던졌다. 거대한 아카시아 숲의 잔해가 투명한 진액을 흘리며, 봄날 아카시아 꽃잎처럼 이지러졌다.

7
나의 수원

"수원아, 과수워언. 내일 수원 가자."
정구 오빠가 창문을 열고 내 방으로 고개를 쑥 내밀었다.
오빠는 집이 곧 무너질 거라고 말하던 상희 언니처럼,
귀중품을 맡기러 온 상숙이 엄마처럼 설레는 얼굴이었다.

"수원아, 마지막 빵이다."

엄마가 유통기한이 지난 빵을 접시에 담아 주었다. 혹시 상했을까 봐 너무 오래 찌는 바람에, 언제나 빵은 물에 빠졌던 것처럼 축축했다.

"이건 도대체 언제 찾아갈 건지. 방도 좁은데."

엄마가 방 한쪽을 차지하고 있는 상숙이네 귀중품 가방을 툭 치고 부엌으로 나갔다. 가방 위에 올려놓은 양은 주전자가 바닥으로 떨어졌다. 주전자 뚜껑이 바닥을 구르더니 벽에 닿아 엎어졌다. 상숙이네 집은 끝내 무너지지 않았다. 그래도 상숙이 엄마는 남아 있는 뿌리가 곧 집을 무너뜨릴 거라는 기대를 버리지 못했다. 귀중품도 찾아가지 않고 족발 장사도 나가지 않았다.

"누나, 수원에 진짜 안 가?"

수길이 물었다.

"응."

내일 예배가 끝나고 정호네 식구들이랑 전도사님
은 기차를 타고 수원에 간다고 했다. 밤벌레 할머니
네 친정 동네에 꿀통을 놓을 수 있는지, 혹시 커피 장
사를 할 수 있는지 알아보려고 가는 것이었다. 수길
은 나를 핑계 삼아 따라가고 싶은 눈치였다.

"우리 선짓국도 먹을 건데? 전도사님이 수원에 가
면 엄청 맛있는 해장국집이 있대."

"너 선짓국 안 먹잖아."

"이제 먹을 거야. 전도사님도 먹기 시작했거든."

"정말?"

"그래, 열심히 연습해서 먹게 됐어. 이제 진짜 우리
동네 사람이 된 거 같다고 엄청 좋아해."

수길이 부산물을 다시 먹겠다는 건 다행이었다.
전만큼은 아니지만, 다시 말수가 는 것도. 갑자기 상
희 언니 생각이 났다. 집은 무너지지 않고 전도사님
까지 선짓국을 먹으면, 상희 언니만 더 외로워지는
것 같았다.

"전도사님 여자친구 생겼어?"

"아니."

"근데 정호네 이사 가면 용비봉교회 누가 다녀?"

용비봉교회 성도는 수길이, 정호, 정구 오빠, 정호 엄마가 전부였다.

"내가 있잖아. 망태 할아버지들도 있고."

"망태 할아버지?"

"응. 용비봉에 살던 망태 할아버지들 이제 우리 교회에서 살아."

나는 전도사님이 수길이랑 망태 할아버지들 앞에서 열심히 설교하는 모습을 상상했다. 망태 할아버지들에게 먹고 잘 곳이 생겨서 다행이었다.

'그 전도사님은 이 동네에 와서 왜 그러고 살지?'

이해할 수가 없었다. 헛되고 헛되며 헛되고 헛된 게, 전도사님이 하는 일 같았다.

"누나, 수원에 같이 가자. 만날 수원 가는 기차 타 보고 싶다더니."

수길이 입을 내밀었다. 기차를 타 보고 싶은 건 사실이었다. 소풍을 갈 때 빼고는 황룡동을 벗어난 적이 없으니까. 우리는 시골에 사는 친척도 없었다. 식구들끼리 놀러 갈 때도 만날 용비봉만 갔다. 그래도 싫었다.

'나보고 수원에 살라더니, 자기가 수원으로 이사

가고.'

나는 정구 오빠가 이사 가 버릴 곳을 보고 싶지 않
았다.

"수원 엄마."

밤벌레 할머니가 우리 집 부엌문으로 고개를 디
밀었다.

"예?"

엄마가 빨래를 하다 말고 고개를 돌렸다.

"수원 엄마, 잠깐 들어가도 될까?"

"예. 늦은 저녁에 웬일이세요."

"할 말이 있어서……."

할머니는 풀이 잔뜩 죽은 얼굴이었다.

"예, 말씀하세요."

"저기, 수원 엄마만 따로 좀 보면 좋겠는데."

"들어오세요. 안방에 아무도 없어요."

엄마랑 밤벌레 할머니가 안방으로 들어갔다. 그래
도 우리는 다 들을 수 있었다. 여름이라 방문을 열어
놓은 데다, 우리 엄마 목소리는 줄이는 데 한계가 있
으니까.

"저기, 사실은 우리 친정 수원에 과수원 하나도

없어."

밤벌레 할머니가 입을 열었다.

"그게 무슨 소리예요?"

"원래 있었는데, 큰오빠 빚으로 벌써 다 넘어갔어."

"아니, 그럼 밤은 어디서 오는 거예요? 추수하면 쌀도 몇 말씩 오잖아요?"

"그거, 충청도에서 농사짓는 동생이 부쳐 주는 거야. 노인네 둘이 셋방살이하는 게 기죽어서 허풍을 치다 보니까 자꾸만 그렇게 돼 버렸네. 내일 진짜로 정호네가 우리 친정 동네를 간다는데, 이 일을 어떻게 하지?"

밤벌레 할머니 허풍은 어느 정도 짐작하고 있었다. 친정이 그렇게 부자라면, 딸이 공공 근로 하면서 셋방살이를 하게 내버려 두지 않을 테니까.

"미안한데…… 정호 엄마한테 얘기 좀 해 줘. 수원 가도 소용없어. 내가 수원에 우시장 있어서 여기처럼 부산물이 흔하다고 했잖아? 그거 벌써 옛날 얘기야. 우시장은 진작에 수원 변두리 곡반정동으로 옮겼어. 그 우시장도 언제 더 변두리로 밀려날지 몰라. 수원에도 가난한 사람들 살 데는 점점 없어지나 봐. 셋방

보증금도 많이 올랐대. 그 흔하던 딸기밭도 많이 없어졌대. 우리 친정 과수원 있던 자리엔 공장이 들어섰다나 봐. 아카시아 나무 있던 길도 다 없어졌대."

"……정호네는 기대하고 있는데 어쩌실 거예요. 안 그래도 힘든 사람한테 그렇게 헛꿈을 꾸게 했으니 어쩌실 거냐고요!"

"미안해."

나는 더 이상 밤벌레 할머니 얘기를 듣고 싶지 않았다. 나는 구석에 쪼그리고 앉았다. 아카시아꽃 하얗게 핀 먼 옛날의 과수원 길 같은 건, 이 세상에 없었다. 어쩌면 수원성도 포클레인으로 다 부수고 아파트를 짓고 있는지 몰랐다. 다시는 동구 밖 과수원 길 노래를 부르지 않을 거라고, 이산가족 놀이도 하지 않을 거라고, 그리고 황룡동이 세상의 전부라고 믿고 살 거라고, 나는 속으로 다짐하고 또 다짐했다.

"수원아, 과수위언. 내일 수원 가자."

정구 오빠가 창문을 열고 내 방으로 고개를 쑥 내밀었다. 오빠는 집이 곧 무너질 거라고 말하던 상희 언니처럼, 귀중품을 맡기러 온 상숙이 엄마처럼 설레는 얼굴이었다.

'아아.'

명치끝이 아팠다. 정구 오빠는 앞으로 얼마나 많은 기대를 무너뜨려야 할까. 나는 무릎에 이마를 댔다. 그리고 울었다.

"수원아, 과수워언."

"누나, 왜 그래."

오빠가 아무리 불러도, 수길이 아무리 흔들어도 나는 고개를 들 수가 없었다.

"강수원, 뚝."

엄마가 내 발을 앞으로 잡아당겼다. 나는 하는 수 없이 무릎에서 이마를 뗐다.

"천하장사 강수원. 상숙이네 가방이랑 주전자 들고 따라 나와."

"왜?"

"왜는 무슨 왜. 상숙이네 갖다 주려고 그러지."

엄마가 나를 잡아 일으켰다. 나는 눈물을 대강 훔치고 엄마를 따라나섰다. 정구 오빠는 골목을 왔다 갔다 하며 내 눈치를 봤다.

"수원아, 내일 수원……."

정구 오빠가 다가와서 말을 꺼냈다.

"정구야. 너희 식구들 내일 수원 안 가도 된다. 엄마한테 아줌마가 좀 있다가 간다고 그래."

엄마가 내 손에서 상숙이네 가방을 뺏어 들었다. 밤벌레 할머니는 가게 평상 위에 누워 있다가 엄마를 보고 발딱 일어났다.

"할머니, 나 지금 상숙이네 부탁하러 가요. 상숙이네 집 앞에서 정호 엄마 커피 장사 하게 해 달라고. 상숙이네가 허락하면 내가 잘 얘기할 테니까 할머니는 정호 엄마한테 가을에 정식으로 사과하세요."

"가을에? 그 전에 하면 안 될까?"

"그러시든지요. 그래도 가을에 또 하세요. 밤 한 소쿠리 갖다주며 하시라고요. 어차피 썩혀 버릴 거."

"알았네."

할머니가 고개를 푹 숙였다.

"천하장사 강수원, 빨리 가자."

"응."

나는 엄마를 따라 성큼성큼 걸어 나갔다. 1985년 8월의 마지막 토요일 밤, 사라진 아카시아 숲 쪽으로, 무너지지 않은 상숙이네 집 쪽으로.

작가의
귀향

김진경(시인)

『삼총사』『몬테크리스토 백작』 등으로 유명한 알렉상드르 뒤마는 인류 역사상 최초로 '소설 공장'을 운영한 사람이다. 서사(書士, writer)들을 고용해 자료를 주고 공동으로 줄거리를 구성하게 한 뒤, 분담해 글을 쓰게 하고 뒤마가 감수를 거쳐 자신의 이름을 붙여 책을 내는 식이다.

오늘날 다매체 시대가 되면서 뒤마의 소설 공장 비슷한 문학 공장들이 나날이 많아지고 있다. 그런 곳에서 문학 수업을 한 사람들이 작가로 독립하는 경우가 늘어나면서 '서사(writer)로서의 글쓰기'와 '창작자(author)로서의 글쓰기'는 경계가 흐려지고 있다. 이 경계는 어린이 청소년 문학계로 오면 더더욱 모호해진다.

서사로서의 글쓰기와 창작자로서의 글쓰기는 분명히 다르다. 우선 서사로서의 글쓰기는 시장에서 상품으로 성공하는 것이 목표이기 때문에 세상과 근원적인 불화 관계에 있을 수가 없다. 세상과의 불화 관계가 작품에 나타나더라도 그건 이야기에 흥미를 보태기 위한 일시적인 것이다. 이에 반해 창작자는 세상과의 근원적인 불화 관계의 경험 때문에 글을 쓰는 사람이다. 창작자는 그 불화 관계를 넘어서기 위해 글을 쓰지만 어린 시절 깊은 흔적을 남긴 불화 관계의 경험이 반복해서 되돌아오기 때문에 넘어서기는 끝없이 다시 시도될 수밖에 없다. 이렇게 끝없이 되돌아오는 어릴 적 세상과의 불화 관계의 경험을 작가의 '원체험'이라 한다. 그가 쓰는 작품은 사실 이 원체험에 대한 무수한 환유이다. 원체험은 창작자로서의 작가에겐 고향과도 같고, 작가는 무수한 환유를 통해 그 원체험이라는 고향을 향해 '귀향'하는 사람이다.

　세상과의 근원적 불화 관계를 완전히 넘어서는 것이 불가능하듯 완전한 귀향 역시 불가능하다. 작가의 귀향은 작가가 자기 글쓰기의 근원을 자각함으로써

자기 작품 세계를 확대하고 심화시키는 모멘텀, 즉 더 근원적인 또 하나의 귀향을 준비하는 과정으로서 중요한 의미를 가질 뿐이다.

유은실은 창작자로서의 글쓰기를 하는 작가 중 하나이다. 그리고 이 소설 『변두리』는 작가 유은실의 본격적인 귀향을 보여 주는 작품이다. 작가의 원체험은 이 소설에 나오는 80년대 초 도살장이 있던 서울 변두리에 있다. 서울의 가장 변두리인 도살장 주변에 삶을 의지하게 된 가족, 그 속에서 사춘기 언저리에 이른 주인공 '수원'은 민감한 상처를 안을 수밖에 없다. 가난에 백정이라는 이미지가 덧씌워진 수원의 자아는 자기다움을 드러내는 것이 원천적으로 막혀 있어 세상과 불화 관계에 놓일 수밖에 없다. 그리고 이 불화 관계는 도살장에서 선지를 사 오다가 대로의 건널목에서 넘어져 온몸이 피칠갑이 되어 버리는 사건으로 극대화된다.

수원과 세상의 이러한 근원적 불화 관계는 주인공의 '말 더듬기'로 나타난다. 세상이 덧씌워 버린 껍데기 속에서 뚝뚝 끊겨 나오는 수원의 말은 세상과의 소통을 포기한 것이 아니라 간절히 세상과 소통하고 자 하는 것이다. 즉 수원의 말 더듬기는 자기의 진정 성을 드러내는 방식이며, 작가 유은실 글쓰기의 원형 에 다름 아닐 것이다.

수원은 세상과의 불화를 넘어서기 위한 시도를 끊 임없이 할 수밖에 없다. 아이다운 방식으로 이산가족 놀이 속에서 교양이 넘치고 행복한 중산층 가정의 자 식 역할을 해 보기도 하고, 아름답고 긴 성곽과 넓은 과수원과 그 사이의 과수원 길이 있다는 '수원'으로 떠나는 것을 꿈꾸기도 한다. 하지만 이산가족 놀이 는 환상인 걸 알고 시작하는 놀이일 뿐이고, 그 꿈의 공간 수원 역시 이웃집 할머니의 거짓말임이 드러난 다. 결국 수원은 도살장이 있는 변두리의 삶을 받아 들이며 세상과의 화해를 모색하는데, 이는 인물간의 따뜻한 인간관계를 잘 보여 주는 '첫꽃날' 풍경과 척 박한 삶 속에서도 피어나는 아이들마다의 개성적 꿈 으로 나타난다.

유은실은 이 소설의 시작에 앞서 한 쪽을 할애하 여 '내 삶의 중심, 변두리에게'라고 적어 놓고 있다. 이 말은 창작자로서의 작가에겐 어쩌면 당연한 말이다. 앞에서 창작자로서의 작가는 세상과의 근원적 불화 관계 경험 때문에 글을 쓰는 사람이라고 했다. 그건 달리 말하면 세상으로부터 쫓겨날 듯 말 듯 한 경계, 즉 변두리에 섰던 경험 때문에 글을 쓴다는 것이다. 그러니 '변두리'는 창작자에겐 글쓰기의 모든 것이 시작되고 끝나는 중심일 수밖에 없다. 거기에 자기 글쓰기의 원형이 있고, 세상과의 불화 관계를 넘어서는 자기 방식의 원형이 있다. 초경과 몽정을 하지 않은 아이들이 첫 아카시아꽃을 따 먹는 마을 행사가 이 소설에서 압도적인 비중을 차지하는 것으로 보아 유은실이 세상과의 불화 관계를 넘어서는 방식은 무척 따뜻한 방식인 듯싶다.

문학의 매체인 '언어'는 매우 순수하지 못하다. 미술의 '색'이나 음악의 '음'과는 다르게 말 속에는 작가가 사용하기 전에 수만 년 동안 수많은 사람들이 부여해 온 의미들이 있다. 그 의미들을 넘어서 언어에 새로운 의미를 부여하는 것은 참으로 어려운 일이다.

서사로서의 글쓰기는 굳이 언어에 새로운 의미를 부여하지 않는다. 시장의 통념에 맞게 말 속에 있는 기존의 의미들을 세련되게 조합할 뿐이다. 반면 창작자로서의 글쓰기는 언어에 새로운 의미를 부여하는 기적 같은 일을 추구한다. 세상과 근원적 불화 관계에 있다는 것은 언어의 기존 의미로는 표현할 수 없는 뭔가를 가지고 있다는 것이기 때문에, 그걸 표현해 낼 새로운 의미 하나를 덧붙이기 위해 창작자는 끊임없이 말을 더듬을 수밖에 없다.

오늘날의 창작자란 아마도 반쯤 허물어져 지붕에 숭숭 구멍이 난 모국어의 사원을 떠나지 않고 여전히 말 더듬듯이 무언가를 외우고 있는, 시절 모르는 구도자들에나 비유할 수 있으리라. 동병상련이라고 이 시절 모르는 구도자들의 쓸쓸함과 가슴 쓰림을 어찌 모른 척할 수 있을 것이며, 이 철 지난 구도자들을 어찌 사랑하지 않을 수 있으리오?

유은실 작가의 치열한 귀향, 『변두리』가 더 넓고 깊은 작품 세계로의 출발점이 되리라 믿고 기대한다.